中国好美文

段作文 著

内蒙古文化出版社

图书在版编目(CIP)数据

人间烟火 / 段作文著. — 呼伦贝尔：内蒙古文化出版社，2023.3
（中国好美文）
ISBN 978-7-5521-2168-1

Ⅰ.①人… Ⅱ.①段… Ⅲ.①散文集—中国—当代 Ⅳ.① I267

中国版本图书馆 CIP 数据核字（2022）第 217898 号

人间烟火
RENJIAN YANHUO
段作文 著

责任编辑	白　鹭
封面设计	鸿儒文轩
出版发行	内蒙古文化出版社
地　　址	呼伦贝尔市海拉尔区河东新春街4－3号
直销热线	0470－8241422　　邮编　021008
排版制作	北京鸿儒文轩文化传播有限公司
印刷装订	三河市华东印刷有限公司
开　　本	880mm×1230mm　1/32
字　　数	167千
印　　张	8.25
版　　次	2023年3月第1版
印　　次	2023年5月第1次印刷
书　　号	ISBN 978-7-5521-2168-1
定　　价	58.00元

版权所有　侵权必究
如出现印装质量问题，请与我社联系。联系电话：0470-8241422

序

作文长得丑，鼻方嘴阔，五短身材。

人生异相，必有异秉。

作文有异秉。文字朴拙清通，旨趣激越高远。偏又名作文，似冥冥中，注定要靠文字安身立命。

二十余年前，余任《大鹏湾》编辑，主持散文栏目"故乡的云"，作文为我的重点作者，每稿必发，成为栏目质量之保证。后杂志社欲新增编辑，本欲推荐，终因其丑而舍之。此事，作文不知情也。

编者、作者，几年时间，却无多的交情，只是以文字结识，数面之缘。后我离开深圳，谋食于《作品》，数年未见的作文，不知何处得我新邮箱，投来小说数篇，却只是冷冰冰扔来稿子，并无半句闲话问候。遂弃之不看。再投，再不看。投得多了,余直言,君何如此不通人情世故耶?多年老友未见,投稿时顺带问候一句会死?

汪曾祺云,好的作家,必是世故到天真的。

作文一直坚持这天真,少了些许世故,这大抵会成为他写作的一大障碍。

虽说不满于作文投稿时失礼,读到他的中篇《台风吹过砂沥街》,却再也不能无视。这个小说,于他是大变化,于是欣然编发。后来又编发过他的短篇小说《灯光秀》。直到不久前,他发来微信,说将出个散文集,希望我能为其作序,这次的言语,却是客气了许多。

他终于变得世故了。

心里有些欢喜,也有些悲凉。

连段作文都世故了,这世上,天真的人还有几个?

说说作文的散文。

写亲人、故乡的篇目不在少数。语言平实,叙事克制,娓娓道来,情真意切。通读全书,最为厚重的当数《再见,固戍》,两万余字,这篇散文,曾以《转身》之名刊发于《作品》,后来获得过一些重要的奖项。这篇散文,写出了底层打工者的漂泊、离散、坚守,生的苦难、隐忍和太多不得已,是对一代打工者生活的忠实记录,值得留给后人读。

作文始终保持着对生活的热忱和敏感,保留着固执与单纯。

本书收录作文散文,有长有短,所叙之事皆为其亲身经历和生活点滴。这些篇章是他前半生的文件压缩包,解压后呈现的，却是一个普通中国人的精神史。人生起伏，悲欢离合，迷茫期许，纠结决绝，爱得深沉，恨得揪心，但更多的是人性微光，俗世烟火。从这本书里，能真切感受到他的肉身与灵魂，如何在故乡与他乡之间晃荡，日夜不息。更重要的是，这肉身背后，站立着无数个沉默的段作文。

是为序。

王十月于广州龙口西

目 录

说说母亲 / 001

关于粮食的记忆 / 007

龙华旧事 / 012

年尾过了是年头 / 028

再见，固戍 / 066

回裤裆湫 / 105

男人四十六 / 152

一个光明女工的如烟往事 / 158

表 弟 / 182

生日快乐 / 186

花儿一样的梦 / 194

坐在医院门口抽烟的男人 / 199

榕树下的剃头匠 / 204

端午也是节 / 209

生日礼物 / 214

房　子 / 219

东塘街 / 228

月色不再撩人 / 234

有酒有肉就是节 / 237

老板椅 / 243

后记：不足之处多过可取之处 / 251

说说母亲

母亲终年四十一岁。她是一九九三年初夏走的，转眼已二十五年。父亲小母亲半岁，八年后也突然走了，留下我们兄弟仨。作为长子，我领着两个弟弟又活了这么些年，一晃就四十五岁了。

母亲走时，小弟七岁不到，上一年级。母亲入土那天，小弟哭闹不停，父亲摘一个桃子才哄着他拿着坟幡替母亲引路。我是长子，理应端着母亲的灵牌送她一程，却身在福州一个小塑胶厂里一无所知。

早年我小姑远嫁福建，高中毕业后我南下打工，那年端午我去她家过节才看到母亲离世的信。信是父亲口述托宋伯整理的，宋伯有些文化，村子里好些人都找他写过信。那年头识字的中年人不多，识字的年轻人又全都外出了。上初中时我也帮不少人写过信，后来上高中难得回一次家，就很少替乡亲们写信了。刚出门时，我喜欢给父亲写信。父亲识字不多，我的信写得老长，他就去找宋伯念。宋伯视力不好，念久了吃力，替父亲回信时还会不停追问。每次给父亲写信时，我就会想象他站在宋伯身边听信的样子。他多半卷着裤腿，赤着脚，有时脚背上还粘着蚂蟥，裂着口子的指头夹着旱烟，偶尔吸上一口。他或笑笑，或眉头紧锁，或把头望向田野，这全取决于我信的内容。父亲听完信，必让宋伯回我一封。他会在信里说起小春还欠多少肥料，交完公粮还剩下多少麦子，小弟会认哪些字了，盲弟（二弟九岁时因脑炎双目失明）半夜又摸了谁家两条黄瓜，母亲又换了哪几个医生欠下多少药费。当然，信的末尾总少不了这么一句：安心挣钱，请勿挂念。我捧着父亲口述的信，常常想，这行行句句都那么令人放心不下，我又怎能"勿挂念"？

　　我那时挂念最多的自然是母亲的身体。我无法想象父亲听完宋伯的信回到家里会怎样说给母亲听，更无法想象母亲听着我在外头的境况会是怎样的表情。后来，我得知母亲的身体越来越坏，在信中几乎不再说她的病情了。我说南方的天气、食物和风景，偶尔也说说工作，说说那个非常漂亮的女工友怎么对我笑，怎么勤俭，家境如何宽裕，还说有空就带她去照一张相寄回家。工厂里漂亮的女孩不少，本地姑娘多，她们也常常对我笑，常常去照相馆，却没有谁愿意送一张照片给我。后来父亲在信中就再也不提母亲要我成家了，母亲只希望我不那么忙时回家看看。

母亲去世半年后我才回家。她的坟地在页岩土上，坟头几株低矮的狗尾草瘦得不成样子。看上去小弟懂事些了，每天上学都会从那儿经过，也确信母亲是真的离开我们了。父亲知道我会年前回家，但不能确定我哪天到家，仍在别处挖红苕。我跪在母亲坟前，撕着纸钱，脑子里全是她的身影。

新中国成立第三年，母亲来到人世，童年恰逢人民公社吃大锅饭，她六岁前我外公外婆就相继饿死了。母亲无依无靠，只好去了婶娘家。她自幼营养不良，还患了严重的脓疮，小腿白一块褐一块，连左脚趾都烂掉了一只，二十岁时高不足一米五，样子也丑，后来就嫁了我父亲。父亲也穷，好在有个做瓦烧窑的手艺。据母亲讲，她就是看上父亲的手艺才嫁过来的。她说媒婆不但夸父亲手艺好，心也细，收工后瓦衣洗得白白亮亮的。我十来岁时，假期也跟着父亲学过瓦匠，怎么洗也洗不白瓦衣，才知道天下的媒人都会说谎。母亲倒好，从不说媒人半点不是，她说在娘家的苦不算苦，到段家生了仨儿子，挺好的。

母亲跟父亲都是勤快人。我生于旧历六月一个下午，据她讲，那天上午她还在田里扯稗子挣工分，中午回家吃两碗南瓜后没怎么费力我就下地了。母亲生二弟时，我四岁，印象不深。只记得那是旧历三月，我去生产队分胡豆，队长说我们家添人口了，娃娃不吃，月母得多吃点才有奶水。这事儿后来成了个笑话。队长是我远房伯父，按旧俗是不应该当着众人的面说这些的。乡亲也仅笑笑而已，虽然家家户户都等着胡豆下锅，却并无异议。

二弟因病失明后,母亲身体越发虚弱。刚考上初中那年,一天早上我起来煮饭,正扯着风箱,母亲从床上咳嗽着起来说,家里快添人口了,明天少放一把米多放几条红苕。她一边说一边抚摸着微微隆起的肚子。灶膛对着母亲的脸,红亮亮的。母亲见我笑了,跟着笑了,边笑边问我喜欢弟弟还是妹妹。我说妹妹。母亲说,好,生个妹妹,将来老了跟你爸生气才有个伸脚走亲戚的地方。

　　到了十月,母亲临盆那天刚好周日。比我大四岁的表哥来我家种麦子,早饭后父亲便在地坝里朝我们吼:快生了快生了,快去纸厂请张医生。

　　张医生赶到我们家时,小弟已下地。我没直接回家,我得帮母亲找鸡蛋。我到家时,她已帮母亲收拾妥当。出于好奇,我很想知道那包裹里是弟弟还是妹妹。张医生说别看了别看了,你妈好福气,又生了个儿子。但我还是揭开包裹看了看,发现小弟长如筷子,不哭不闹,捧在手里轻飘飘的。这时父亲说话了,他说这娃娃是个闷生,下地后不哭。他从屋角揭下两片瓦摔地上,小弟仍不哭,后来拍了两巴掌才"哇"地哭出来。张医生说可能是母亲怀上小弟时太劳碌损着了小弟,气不顺,父亲那两巴掌拍得及时。

　　小弟出生后,父亲操心着罚款,待母亲满月就去了福建姑姑家,希望下苦力多挣点钱。父亲走后,我的家务活就多了,每天放学回家,我都得洗尿布,弄猪食,干农活。母亲身子本来就差,生下小弟后补养不足,面容越发苍白。家里养着几只母鸡,母亲不让我煮鸡蛋,煮了也不吃,要我蓄起来卖。她说医生告诉她，蛋壳煮了或者化成灰兑水吃也有营养，有空你去"捡"些回来。我便信了，挨家挨户说，蛋壳别扔了帮我妈留着。那年头一般人家也不经常吃鸡蛋的，能得到蛋壳的机会不多。母亲吃过两次，出于面子就再也不让我去找蛋壳了。

开春后天气暖和了，母亲偶尔会抱着小弟到田间地头转转，看看胡豆开花没有，红苕发芽没有，小麦抽穗没有。母亲实在等不及了，也不再心疼邮票，催我给父亲写信，说说家里的境况。父亲没回信，旧历四月他回来了，说是在山上砍柴挣了几百块钱，还带回两包旧衣服。其中一件是姑姑的旧西装，军绿色，两颗扣子的那种，姑姑的意思是给母亲穿的，但母亲瘦不合身，我就穿了，一直穿到高中毕业。

父亲回家后小弟勉强可以爬了。母亲害怕夏天，天一热就犯脓疮病。那些日子，她的小腿上总是涂了紫色的药水，一到夜里就躺在凉椅上无力地摇着蒲扇，任由小弟爬来爬去。小弟爬饿了就伏在她扁平的胸前，吮吸着干瘪的乳头。父亲坐在桃树下，静静地望着满天星星，无声无语。乡下初夏的夜晚原本是迷人的，但这些年来，那样的夜晚却成了我乡愁的根源。

是的，母亲离开我们整整二十五年了，父亲也走了十七年了，一年一度的母亲节说来就来了，偏偏又在初夏。我和弟弟们已离开故乡多年，那桃树老屋都不在了。若干年后，我们相继把家安在了城里，却不曾在某一个初夏的夜晚回到乡下看看那月光、星星和父母的坟地。年复一年，他们静静地躺在乡下，任岁月远逝，花草枯荣。

母亲真的不在了，关于她的记忆已越来越浅、越来越模糊，如果不写一写说一说，或许某天就忘了。我们也有老的一天，也有离开的一天，若干年后如果还有人能在某天突然想起我们，不仅仅是节日或生日，这短短的几十年倒也有点意思。生活越来越丰富，丰富得连怀念都这么无力，日子越来越快，快得连怀念都这么匆匆。在母亲的记忆里是没有母亲节的，她活着，不曾在这一天接受我们的祝福，但愿她走后能感受到这匆匆的怀念。

每年母亲节我都想写几句，两个多小时就这么过去了，若非女儿从老家打来视频，我已忘记过了午饭时刻。女儿是跟着岳母长大的，在这样的日子，尽管周日，她的母亲仍在车间忙活。她想跟母亲说两句，却有些小失望。她已经高过她母亲了，如果奶奶还在，她们应该都挺开心的。

敲完最后一个字，得煮一碗面，多放几个鸡蛋，我相信母亲和父亲都坐在沙发上了，等着我生火，煮面。他们仍是原来的样子，这大热天的到了深圳也不换身薄点的衣服。

我记得每年春节回家都烧过纸钱给你们的呀！

2018 年 5 月 13 日中午

关于粮食的记忆

小时候,母亲常夸我:你四岁就晓得去生产队分胡豆了。

童年之事,能记住的本就不多,但这事,母亲说得多了自然就记住了。那是旧历三月一个晴好的中午,母亲说她肚疼得厉害,怕是要生了,父亲去公社称盐尚未回来,只好叫我去生产队分胡豆。她说赶紧点,去晚了要吃亏的。

队长见我父亲没去,不高兴,怕母亲怪他坑小孩子。我说我妈快生了,锅里正烧着水,等着胡豆下锅呢!队长一听就乐了。他说添嘴巴了,多给几条。有人不服,嚷道,还没户口呢,那不行!队长说人家坐月子,生产队穷,没啥好送的,剩几条分不匀,别叽叽喳喳!

后来母亲不但夸我聪明,还感谢这个感谢那个的。除了这事,尚能记住的就是提着袋子跟在母亲身后,东家西家借粮,三斤五斤的。还粮时,我独自去。家里没秤,用碗量,三斤的量三碗,五斤的量五碗。碗是粗碗,一碗当然不止一斤。母亲说,每回都得多剩点回来,怕人家嫌小气,下回再借有麻烦。

当然,也有麻烦的时候。那是包产到户的第二年,父亲没日没夜忙活,累成了痨病,吃不起药,更没钱买化肥,大春小春都歉收,刚一开年家里就断粮了,一借就得百十斤。大伙都饿怕了,谁都不肯多借。那时我已上小学,弟弟也快五岁了。有年初春,我放学回来,见父亲躺在床上呻吟,弟弟瘫在地上直哭,灶台却冷冰冰的。我明白,母亲又去借粮了,不知啥时能回来,便跟着弟弟哭。父亲坐起来,从床头端来个碗,悻悻地说,本来留了根种红苕,却被你弟娃偷吃了,还有半碗汤,好甜的!

我的手还没伸拢,碗就被弟弟抢去了。我清楚地记得,那天下午我没去学校,我在生产队保管室的门前睡了一下午。

上初一那年,我们家那三间破草屋垮了。父亲的身子渐有起色,庄稼也一年年好了起来,但要盖两间瓦房也非易事,一家人只好住进保管室。后来,父母除了种好自己的责任田,还到河边坡上开荒。还清粮债仍有盈余,逢年过节我们也能吃上粑粑干饭了,但平日里多以粗粮菜叶糊口。旧历十月一到,红苕开挖了,白米更是少得可怜。母亲也有主意:锅里开了,放两个小碗,加大火力,十来分钟后米饭全跳进了碗里。我们兄弟俩吃白饭,他们吃红苕。

当然,这饭是不能白吃的。我们必须按照父亲的意思帮手家务。父亲忙完农活,就去山里挑煤到乡下赚几个零花钱。母亲呢?她去桂兴上面的碗厂担碗下乡,各家各户叫卖,多多少少也能帮补家用。

初二那年,父亲问我长大了干啥?我说当工人,造农药,让家家户户多收些粮食。他却摇摇头说,你明天跟我去观塘粮站缴公粮,回来就明白想干啥了。

那天晚上,父母把玉米扬了又扬筛了又筛,一直忙到鸡叫二遍。我以为这下他们可以合合眼了,父亲却叫我赶紧穿衣服上路,去晚了就麻烦了。

父亲用蛇皮袋担着玉米走前面,扁担一闪一闪的,叽嘎叽嘎很有节律。我用背篼背着玉米走后面,刚开始还能跟上他,可一到上坡路段腿就软了,头上直冒汗,上气不接下气。

去粮站的路几乎都是上坡,父亲见我跟不上,放下担子又回来接我。就这么走走歇歇,我还是累得够呛。到了粮站,天还灰着,晒场上却黑压压的全是缴公粮的乡亲。我挂着扁担,撑着身子骨,双肩胀痛。父亲摸出两个饭团,买来一碗豆浆,叫我赶紧吃,精神点,别让人家插了队。

这是旧历六月底,太阳出得早,发威也早。父亲与我轮流排队。检验员来到我们跟前时,已是烈日当空。我头昏眼花,听不清父亲跟他解释着什么,只记得最后,父亲无奈地叫我帮他把玉米弄出去晒晒。

我实在无法忍耐烈日的炙烤,躲到了一处废弃的粮仓下。父亲一直蹲在晒场边,时不时咬着玉米,响声清脆、空灵,如道道闪电划过晴空。

父亲一遍又一遍咬着玉米，确信它们已经干透了才收拾起来，叫我再去排队。

那个戴着草帽穿着白衬衫的家伙再次来到我身边时，太阳已经西沉。父亲哀求着说，真的很干了，我牙都咬缺了。他说着说着就张开了嘴巴。

"草帽"没看父亲干裂的双唇，他瞄了一眼玉米说，是很干了，但不够饱满，担回去再筛筛。

我不知道父亲当时眼睛红了没有，但我哭了。我更不知道哪来的力气，居然一口气把那袋玉米背回了家。

母亲从东家跑西家，才用自家的三百斤玉米换回两百五十斤上好的玉米。夜里，一直沉默着的父亲终于开了口：你要有那本事，将来去粮站工作，咱这辈子啥都不愁了。

我牢牢记住父亲的话，用心读书。一九八九年，我考上了代市高中，迈出了去粮站工作的第一步。然而，高中阶段却是我一生中最艰难的时期。母亲积劳成疾病倒了，一家人的担子全落在父亲身上，每年数千元的学杂费够他愁的。我吃住都在学校，米可以从家里背，但菜钱只能靠卖粮食。每个周日上午，我去街上卖粮，下午再回来背米去学校。又吃又卖的，一家人又过上了青黄不接的日子。每年二三月，父亲又得去三亲六戚家借粮。一日三餐不保，哪有心情读书？一些初中同学来信说，熬吧，熬张高中毕业证来深圳，好混得很。

拿到高中毕业证那天，我对父亲说，这辈子没机会去粮站了，我出去打工，挣到钱寄回来，买最好的粮食缴国库。

到了深圳的第二年，父亲来信说，现在好了，不用缴粮了，交钱也行。他还说，出去的人越来越多，好多田地都荒了，开了年多种些，只帮他们缴提留就行了。我说种田好累，咱不愁吃不愁花的又不是地主，种那么多地干啥？他说粮多人心安啊，不担粮去粮站，干啥都不累。

父亲跟泥巴打了一辈子交道，我拗不过他，路隔几千里，只能由着他了。

一九九六年，我们已攒够盖房的钱。房子盖好后，他特地叫我回去看看。我在屋子里转了一圈，发现砌了好大一个粮仓。父亲说，现在的农民，别的不怕就怕仓不好，去年房子没盖好，粮食堆地上，老鼠糟蹋不说，还霉烂不少，一颗谷子一颗汗，心疼啊！

好多年没回老家了，父亲仍住在乡下，据说身子还算硬朗。只是，整个村子的责任地已被种上了花椒树，据说每年的收入还不错。父亲在家闲着还习惯吗？那几大仓陈谷子都处理了吗？而母亲已去世多年，再也听不到她夸我四岁时怎么怎么了。

2000年5月2日

龙华旧事

虹

一九九六年深秋,暮色渐沉,大浪路口,车来车往。我从老围新村出来,穿过龙观大道,转身,回头,横在眼前的,依旧是这十字路口:面朝大浪,背对狮头岭,左去宝安,右往观澜。

能再见到她吗?上了大巴,我仍然不停地闷声自问。

起风了,落叶、尘埃四处飘散。我盯着车窗外,满眼泪花。清湖一晃而过,竹村一晃而过,福民一晃而过……那一整天,我身在龙华,心却留在了观澜。观澜马上就到了,福民一过,我顿觉灵魂附体,如鱼得水。

事情还得从头天晚上说起。

加完班，突然得到通知：工厂难以为继，解散，仅办公室跟板组搬去龙华，其余人等自谋出路。厂子不大，二十来人。我管仓库，是去龙华的五人之一。下班后，我问虹，是去龙华另外找厂还是跟老乡去别的地方？她说，不知道，先去草坪坐坐嘛。

去草坪坐坐？半夜？她主动提出！这令我措手不及。

草坪就在工业区对面。当年的观澜第二工业区，没几个厂子，一入夜，异常安静。深秋了，月光清冷，阵阵夜风袭来，草梗子沙沙地响。

下班后，两个人去草坪坐坐。这念头在我脑子里晃荡好长时间了，却一直没能说出口。

第一次见到虹，是在龙岗龙东。那是个大厂，三四百女工，我待的时间不足三个月，却偏偏记住了她。挺安静的一个人，圆脸，齐耳短发，粉底白点子短袖，双手爱揣胸前。上班、下班、打饭、外出，总是独来独往。那厂子虽然不小，待遇却很糟糕，留不住人，我还没来得及跟她说上一句话，就被一帮老乡带到了观澜。

不久，她也跟着一帮老乡进了我们厂。后来我在信中说，我见过你，在龙岗老厂。她说，哦？我怎么不记得？那又怎样？回信总是这么不冷不热、爱理不理。那时有点钱就尽量寄回去了，我们连个呼机也没有，写信成了唯一的沟通方式。三天一封，寄信、收信同一地址。我把信交到邮局，邮递员把信递给门卫，门卫把信交到办公室，我又从办公室把信转给车间主管，主管再把信递给虹。如此往返大半年。起初，她还简单回两句。后来，她不但不回信，甚至将信原封不动地扔进垃圾桶。车间里的垃圾就倒在厂门口，我无数次坐在草坪里，一边撕开自己亲手封好的信，一边偷偷地流泪。办公室里就我跟文员阿雪两人。每一封信都会经过阿雪的手，她早已看出那是我的笔迹。她也清楚那些信件的最后遭遇。她看不下去了，劝我，可以劳命，但不必如此伤财！你写好装信封里叫我直接递给她不就行了？何必经过邮局来来回回折腾？浪费邮票！我想想，也是。于是改成每天一封。也曾试想亲手给她，却又害怕她当面丢弃无地自容。

渐渐地，虹的老乡都知道我喜欢上了她，有人给我出主意，说信不能当饭吃，来点实惠的。我信以为真。每天买了早餐、夜宵，叫女工放在她床上。后来跑腿的工友告诉我，那些东西全被她扔窗外了，自己还遭到一阵痛骂。我不信，偷偷去宿舍下面一看，的确如此。

我记得她一开始就告诉过我为什么不能接受这一切。我也在信中无数次说过我怎么就那么喜欢她。也许，爱与不爱都没有理由。就算有一万个理由，在彼此看来，都微不足道。她不是我生命中第一个为之倾情的女孩，却是第一个离我最近的女孩。办公室跟车间就隔着一层玻璃窗，我每天大部分时间都把目光落在她身上，她却从不抬头看我一眼。如此在乎一个人，为的是想忘记另一个人。那人也在深圳，早我五年就到了布吉，在木棉湾一个电子厂搞装配。我常常在给虹的信件中提起她。我说她叫 L，初中同学，跟你一样，可望而不可即。

老实讲，L比虹漂亮，比虹善解人意，这是后话，先说说那晚的事。

第二天就要各奔前程了。说句心里话，在此之前的头两个月，对于虹，我基本上就彻底绝望了。我想，我已经尽力了，说得好听点，我只能把那段单恋埋进心底，期待来生，从头再来。只要每天能看上一眼，就心满意足了。但变故来得实在突然。说走就走了，说分就分了！就算她再怎么对我，最后的告别总该有的。所以，那天晚上我没写信，亲口问了她作何打算。

她说去草坪坐坐确实让我激动了好一阵子。草坪不大，草很深，无数个夜里，已被工友们踩出不少路来。每一条路的尽头，都是一个能容下两个身了的草窝。我们像鸟儿一样筑巢而居。我靠在草墙上，她倚在我怀里。月光从草梗里溜进来，秋风轻轻一吹，又羞羞地缩回去了。风突然静下来时，我能听见虹的心跳，我能感触到她急促的喘息。温润的小手，滋粘的双唇，如水的月光，沙沙细响的草叶儿……每一缕气息，每一粒尘埃，都是夜曲里不安分的音符。

夜，很深了。

夜，你就不能走得慢些再慢些吗？

……

微明时分，我想做点别的。正常人这时候都想做点别的。后来我常常想，她并非不正常，也不是不想。但她的举动确实不太符合常理。她死死掐着我的手，突然哭了起来。她说，明知没结果，何必害我？口口声声说爱我，你就为这个？

我无言以对。天地良心,那一夜,我竟然就那么放弃了。不是装伟大,不是小说看多了,也不是别的原因。就一个字,爱。我说,好吧,谢谢!如果,还能重逢,就算夜夜相拥,你不开口,我绝不动手。

她笑了笑,说,天亮了。就当这是一场梦。

那真是一场梦吗?如果真是一场梦,后来的一切,都是梦的延续。

梦一直在延续。从第二天开始。

那晚我从龙华返回观澜,并没抱什么希望。我只是觉得,头天晚上真的就像梦一样。我倒回去,只想一个人,在草窝里安安静静躺一阵子。

事情比我想象的更美好!她不但仍在老地方,还答应跟我一同去龙华。

到了龙华,她说,真没想到你会来找我。老乡都去了别的地方,我突然觉得失去了什么,心里空空的,就想着再在草坪里坐一夜,第二天回老家算了。你来了,我有说不出的激动。夜太黑,你没看出来。但你别高兴得太早。昨晚你怎么对我,以后都得怎么对我!你说过,我不开口,你别动手!总之一句话,这辈子,你爱我,但我就是不会跟你去四川,也不可能带你去河南。你敢保证让我完好如初地回家嫁人吗?啊?

我没吭声。

她说,不敢?那我走了。

她说着就朝大浪路口奔去。

我一路追一路喊，敢！有什么不敢？你回来呀！哪怕十年八年，都会让你完好如初回去嫁人！如有食言，天打雷劈！

L

我不知道跟我睡在一起的这个男人是L的第几任男友。对于她的私生活，我一无所知。她初中毕业后就来了深圳。我高中毕业后去福建混了一年。那些年里，我们书信不断。她跟我同龄，大我一个月，从初二开始，我们便姐弟相称。高三时我在信中说，L，我爱上你了。那是我第一次在称呼里省去了"姐"字。她在回信中说，在深圳打工好累，现在说什么都没用，准备高考吧。考上再说，考不上，我父母肯定不会答应！一九九二年，高考尚未扩招，哪能说考就考上呢？学校本来就不咋样，全班就走了两个大学生。

在福建的那一年里，我几乎没给她写过信。后来到了深圳，工作还是不如意。在社会上跑了两年，多少明白了一些事理，知道自己无法给予她想要的生活。她不希望回到农村，她最大的愿望就是嫁去县城。一九九六年年底，我们都没回家过年。这是我们第一次在深圳相见。她是天底下最漂亮的女人，无论过去、现在、还是将来，我都这么认为。我一直找不到合适的方式来表述她的模样，我只能这么说，尽管很多认识她的人不太赞成我这个说法。后来虹也说过，她没你说的那么漂亮。我说有什么关系呢？说不定人家哪天就结婚了。

因为过年，他们在老围待了好几天。白天，我们一行四人去龙华公园、羊台山玩，夜里，大伙儿就回宿舍过夜。房东是新村一张姓人家，据说他爷爷认识我们老板的爷爷。我们老板祖籍龙华，国籍马来西亚。厂子搬来龙华后就只留了办公室，租住在老围办公大楼二楼，从香港接单外发。房东见我来了客人，特意把没租出去的一间屋子让了出来。L跟虹睡，我跟她男友睡。后来虹告诉我，不去开房，还分开住，他们肯定没戏。我说，我们睡一起这么久了，还不是现在没戏以后也没戏？她怒目一瞪，吼我，还想怎样？知足吧！

事实证明虹说得没错，L并没跟那个男友结婚。我和L已经有十四年没见过面了。她大概是二〇〇〇年结的婚。她第二次来龙华老围，已经是一个孩子的母亲，那年她二十七岁。至今我都想不明白，那天晚上L来龙华找我究竟想干什么。也许仅如她所说的，在深圳久了，没意思，丈夫在杭州，不得不过去，明天就去杭州了，突然想起你，来看看。

她以为我也结婚了。我说，我早就想结婚了，可每一个女孩都看不上我。她不相信虹真的离开了我。她说那年春节，还见你们住在一起，怎么说分就分了呢？我说，五年里，发生了太多事情。况且，从一开始她就说过，在一起待一天是一天，离开是迟早的事儿。

我不知道那天晚上我们还说过什么。在川菜馆随便吃了点东西，我们从老围一直走到大浪路口，然后去三联公园坐一会儿，接着朝大浪走。到了水围（老）德爱电子厂门口，各自吃了个甜筒，又往回走。走到墩背路口，她说脚酸了，去哪里再坐坐。我们就在墩背工业区后面的荒草地里坐了下来。十多年了,这是她第一次离我这么近。虹离开广东有些日子了,我尚未从苦痛中走出来,面对初恋情人,确切地说是第一个暗恋对象,一个有夫之妇,我却异常淡定。

也许正如她所言,因为恋旧,在即将离开这个城市时,来看看同窗老友。后来工友们都笑我,说老情人来了,怎么就不表示一下呢?把人家打发到女宿舍,太不像话了。

如今想想,人一辈子,所为之事,看上去可能不太像话,但只要像个人做的,我觉得就差不多了。

我已记不得她当时是先回老家还是直接去了杭州。反正从那以后,我们再也没见过面。其间只收到过她一封来信,大意是希望我早点成家,她虽然在县城买了房子,却不是真正意义上的城里人。婆婆从乡下来了,处得不太好。叫我别回信,她过几天就返回浙江了。

我至今还记得她在县城的住址。每年春节回去,我都会从她小区门前经过。我一直期望着能有那么一天,在故乡的某条小路上我们不期而遇,而不是在县城的某条大街上擦肩而过。纵然这两者都不再发生,能有老围的那两次相逢,今生亦可告慰。

生离死别

L离开深圳的第二年旧历八月,经人介绍,我认识了现在的妻子。

  L第二次来龙华的头年七月,虹独自一人回到了河南老家。分手的地点却不是深圳龙华,而是惠阳淡水。

  事实上,虹从观澜来到龙华的第三天就去了淡水。淡水有我们的一个加工厂,我每周都会送两次物料过去。虹坚持不在龙华进厂,她说天天待在一起,迟早会出问题。我说我们这样一辈子也出不了问题!她说万一哪一天我把持不住了呢?还是离你远点!远香近臭嘛!你不是常常来淡水吗?你跟老板那么熟,来了就在宿舍过夜,只要你老老实实就行!

  在淡水过夜,是大宿舍,想不老实都不行。每回去了,水果、零食总得提一样。加工厂的生活实在太差,我就想着帮她弄点好吃的。从龙华去淡水,当时得三四个小时,如果物料不是很多,我就煨汤,不然炸排骨。我炸的排骨别有风味:三分苕粉,七分面粉,红椒、花椒、姜蒜少许,皮脆肉嫩香酥可口。后来我跟妻子说起这事儿,她不信。她说你要真有那能耐,露两手看看。我试过几回,她摇了摇头说,不怎样嘛,一般般!妻子吃不出当年虹所称道的味儿,这不能怪她。我说,当年是包谷猪,现在是饲料猪,时过境迁,感觉肯定不一样了。

  妻子还算开明,不太在乎我的过去。她唯一的要求就是让我烧掉为虹写下的五大本日记以及关于虹和L的照片。她们的照片本来就不多。能有个女人跟我过日子,总好过那些可望而不可即的旧相片嘛。但那日记烧了实在有些可惜,它们记录了我跟虹相处多年的点点滴滴:思念与渴望,欢笑与泪水,相聚与分离,期望与失望……

虹去淡水的第二年，那个南洋老板就把厂子卖给了一个潮州老板。样板师傅跟我是老乡，他对房东张生说，龙华有景福、德爱等众多大表厂，做皮表带本钱小，我有技术，你有人脉，合伙试试。张生一口答应了。本来，他们也想把我留下来的。我说我女人虹还在淡水，等你们搞出名堂了，我再回龙华。

那时虹跟我处了有一段时间了，大伙儿都说她是我女人。实际情况只有我们自己最清楚。后来我跟我女人说过这事儿，她不信。她说要么是你有问题，要么是她有问题。事实证明我们都没问题。二〇〇二年我做了父亲，据虹的老乡说，二〇〇五年她也产下一女儿。但那些日子真的就那么过去了。我去到淡水后，老板给了我们一个房间。屋子不大，摆了张上下铺铁架床。每天晚上，我上半夜在下床，下半夜就去上床。大半年后的一个夏夜，异常闷热，虹说上床凉快点，自个儿去了上床。天蒙蒙亮时，尿急，迷糊中，她以为仍在下床，结果不慎跌落下来，造成肘关节粉碎性骨折。

如果没有那次意外，在我的苦苦相求下，也许她会跟我真正走到一起。当年在观澜，有一个梦幻般的开始，似乎就注定将有一个梦魇般的结局。

因为这次事故，我们跟淡水的老板彻底闹翻了。术后半个月，我跟虹再次来到了龙华老围新村，住的还是先前的屋子。每天下班回来，我都会给虹做恢复锻炼。虹是一个忍耐力极强的女孩，每一个动作都令骨骼咔咔地响，她却一声不吭。手术在她身上留下近二十厘米的疤痕，而内心的伤痛是永远都无法抚平的。她一直觉得，如果不认识我，或者我不去淡水，这灾难绝不会发生。她只希望早日取出体内的钢钉，以一个完整女孩的形象回到家里寻户人家。

整整一年之后，虹的第二次手术伤口才痊愈，但疤痕还在，左手无法伸直，功能也不如从前。第二次手术是回淡水做的。我记得，一九九九年七月二十二日，在淡水汽车站，没有拥抱，没有泪水，几乎没有语言，我目送着她上了去河南的大巴。

身子空了，钱包也空了，从淡水回到龙华老围，我几乎虚脱了。我知道，虹这一去，也许就是真的永别了。我还记得她家的地址，我一次又一次以女同事阿雪的名义给她写信。她只回了一封，大意是，她上辈子欠我的，这辈子如果要用命来偿还，是不是出门将被车撞死？

之后，我再也不敢给她写信了。明知已无法挽回，又何苦彼此继续伤害？在龙华的那些年，欢笑，泪水，我全记在了本子上。也许就因了那些记录，我今天的表述看起来还较为流畅。也就是那些年起，我开始试着写些东西。写东西也是我龙华记忆中不可或缺的部分，但今天我不想说文学，只想说说跟爱有关的那些旧事。

妻子到了龙华后，第一件事就是烧掉这些记录，地点就在宿舍的阳台上。足足二十分钟，所有的文字才化为灰烬。当时父亲刚刚去世，面对熊熊烈火，我心情非常平静，就想，往事如云烟，就让它去吧！多年以后，我却常常想，如果哪天再去到龙华，一定会去老围看看，在新村某栋的某个阳台上，那两块焦黑的瓷片是否已被主人换掉。我记得，当时，它们确已爆裂。

生活，却并未因燃烧而停止或消失。

二〇〇〇年前后，我一直觉得，虹的离开，预示着我今生将孤独终老！然而，二〇〇一年父亲的突然离世，却让我在老家认识了现在的妻子。

关于父亲的离去，我很少回想，因为那是一场噩梦。但写到这里，我又不得不重复一遍。它是我龙华生活中最为沉重的一页。

那是"9·11"事件后的一个早晨，依旧是宿舍旁边那个小店里的电话，我被叫去听电话时天还灰着，小店老板递给我一支烟，为我点上火。他脸色很不好，不停地打抖。

他问，你父亲多大了？

四十九岁，我说。

他拍拍我肩膀，不再说话。

电话是表哥打来的，直截了当：你老汉死了！

我笑了笑，苦苦地，然后，说，我，不回来了，你们，帮我，把他埋了！

我说得很慢，很平静。多年以后，我才明白，那种慢，那种静，其实，是绝望之至。

我不知道表哥朝我骂了些什么。我知道他怎么骂我都不为过。父亲就那么突然死了，小弟刚去学校，二弟是个盲人，二弟的女人是个煤矿下岗工人，除了吃吃喝喝，吵吵闹闹，来咱家五六年啥也没干过，就甭提这死人举殡的事了。

父亲有一姐一妹,多年前,幺姑远嫁福建,大姑的子女都在县城做小本生意。两天后,我在县城下车时,表亲们团团围住大姑,早早替她梳了发髻,着了新装,说是我将从深圳带女人回家,叫她服了降压药,免得到时太兴奋受不了。

从车上下来,我轻飘飘的,汗水和着泪水,一个劲地流。大姑没有见着我的女人,才知道出了大事。

我没跟着他们直接回老家,我去了镇上的学校。一路上,我想,父亲都走了,早见晚见还不一个样子?我得去看看小弟。

小弟跟我上的是同一所中学,一九九二年我高中毕业外出打工时,他才六岁。第二年,母亲就因体弱病重去世了。当时,我还在福建的山上搬花岗石。这些年里,我就这么东奔西跑,没挣到钱,连个女人也没带回家。我知道,父亲的死跟这两样都有关系。我快三十岁了,按老家的风俗,算半个光棍了,父亲的压力越来越大。据说,父亲带小弟去学校前,跟一亲友提过借钱的事,结果被数落了几句,大意是我打工那么多年,还供不了一个学生。九月十八日那天,父亲一大早担了玉米去镇上卖,小弟告诉我,父亲给了他九十八块三毛钱,一件从地摊上买的旧毛衣,一双白胶鞋,还有两个肉包子。小弟只吃了一个包子,另一个叫父亲带回家去。小弟很后悔,当时没有亲眼看着父亲把包子吃掉。听别人说,那个包子,父亲还真带回家了。他就是一边啃着包子一边喝着只能外用的跌打酒中毒身亡的。小弟说到这里,忍不住哭了出来。

我们坐在校园里那棵老桂树下。我上高中时，这桂树枝繁叶茂的，每年秋天一开学，脚步还没踏进校门，桂花的香味就远远地来了。特别是清晨，每逢尾数2、5、8的日子，父亲就会帮王屠户担肉来镇上赶集。在桂花的清香里，父亲总会坐在扁担上，一边擦着汗水，一边递给我两个热腾腾的大肉包。

几年不见，这桂树却老了。

我望了望桂树，稀稀落落的几片叶子，一个骨朵儿也没有。可听小弟这么一说，倒觉得桂香还在，而父亲，似乎就站在我们眼前。

父亲却静静地躺在老屋里。

我到家时，天已黑尽。

从镇上到家里，二十里小路。据说，那天下午，父亲出了校门，在大场口遇一老庚请他进酒馆。父亲不甚好酒，可母亲去世后，日子清苦，酒瘾越来越大，酒量却越来越小，三五口下肚就晕乎乎的。

二人出了酒馆，遇一拉粮的拖拉机。那人正好买了父亲的玉米，就把二人叫上了车。一路上，父亲很兴奋，唱《东方红》，吼《沙家浜》，下了拖拉机上了小路，见石板被牛踩偏了，就一一抬上来，铺好。

据盲弟的女人讲，到了家里，父亲觉得没过足酒瘾，不知从哪里掏出个酒罐子，一个包子还没啃完，人就趴下了。

听到这里，我心里就更为难过了。父亲走时，我远在深圳，居然为一个八竿子打不着的河南女孩彻夜不眠，孝道何在？我无颜以对！

父亲上山的第五天，在媒婆的撮合下，我认识了现在的妻子。中秋之后，她随我来到龙华，年底，怀上了女儿。

第二年三月的一天，离开近三年的虹，居然在老围出现了！

最先认出她的是小店老板。他给工友捎口信，说虹来了，要我下去一趟。

没有预想中的惊奇，彼此都很平静。她笑了笑，我也笑了笑。

她说在家里跟男友吵了架，就出来了。一时没找到合适的厂子，从布吉过来，就想回老围看看，没想到我还待在这里。我说我快做父亲了。她说是吗？后来我才知道，她那次真是失恋了，但她来龙华绝对不是冲着我来的。妻子回家坐月子时，我曾私下里问过她，如果我还单身，我们又这么重逢了，有没有可能重新走到一起？她说，生活就是生活，别如果，也没有如果。

因为跟老板认识，当天下午，她就回布吉提了行李来到龙华。妻子在老家生下女儿不久，也回到了龙华。同一个厂上班，同一栋楼居住，两个女人偶尔也会说说话，倒也相安无事。我跟虹虽说不上陌如路人，但已生分了不少！那些日子，偶尔我会想想过去。她看上去却异常平静，仿佛初来乍到，一切视而不见。

二〇〇三年五月，跟张生合伙的四川老乡决定去龙岗自己开厂，虹就跟着大伙儿离开了龙华。第二年，我和妻子也去了龙岗，进了虹的厂子。那年她已二十七岁，据说其父已在老家为她相好对象，催促她年前回去结婚。

临走时，因为上班，我们没去送她。她特地来到车间，留下一个小包裹，说是送给我女儿的礼物。

妻子打开一看，是件粉红色毛背心。这是她工余专门给我女儿织的，妻子倍感意外，也很兴奋，连声说好。

过年回家时，妻子让女儿试了试，那背心，还挺合身的。

又过了一年，虹一老乡告诉我，婚后，虹去了上海，已是一个女孩的母亲。三人中，L的女儿最大，差不多初中该毕业了。我女儿今年也该上初中了，再过四个月，她就做姐姐了。

来深圳二十年了，近十年里，过于劳碌，我几乎没有时间去好好想念一个人。我的情感特别脆弱，我也不敢轻易去怀念谁。往事这根心弦，稍一触动，便久久不能平息。我在老围待的时间说不上很长，作为一个在龙华哭过笑过的男人，若不写几行文字，实在有愧于那些日子。岁月无声，青春有痕，那些至亲至爱的人啊，无论身在哪里，你若安好，便是晴天！

2014年5月

年尾过了是年头

题记：

旅馆寒灯独不眠，
客心何事转凄然。
故乡今夜思千里，
霜鬓明朝又一年。

——《除夜作》（唐·高适）

又一年

这马年春节，我原本打算不回家的。

出门在外二十来年，不回家过年也有好几回了。初来深圳时,工资低,自己想成家,小弟要上学,处处等钱用,这笔花销省下来多少能派上用场。那时,有此想法的人不在少数。邀上三五老乡,去大排档喝点小酒,或者去关内看看,海边转转,这里那里玩玩。虽不能感受故乡的年味儿,当远远近近的焰火纷飞,大街小巷的爆竹响起,就想,这年一过,说不定工作好找了,工资高了,女朋友就肯来男宿舍过夜了。后来成了家,找个借口说不回家过年,老人家三言两语或许能敷衍过去,可娃娃们就不依了,任你好说歹说,这年是一定得回去过的,哪怕三十到家,初二出门。

旧年冬月初,妻子已有两个月身孕,再三权衡,决定年后才送她回家准备坐月子。坐月子、缴超生罚款,加之妻子短时间难以上班,钱这东西成了个大问题。家里人一再考量,接受了我们不回家过年的想法。

一入腊月,工业区里的人日渐稀少,大伙儿陆陆续续忙着回家过年,妻子有些动心了。她说,怀了肚子里的就不管家里的?订票吧,网上说了,怀孕三个月能坐车。我说都跟家里说好了,不回就不回呗,过年不就走亲戚吃腊肉?年年一个样!坐车要钱,送礼要钱,请假还得扣工资。一年累到头,年终奖虽然不多,眼见着就到手了,不能就这么让老板捡了便宜。她想想说,先回去,年初二就出来,坐加班车,广州到重庆才一百多块,你赶紧给我抢票!

可这返川的火车票哪是说抢就能抢到的呢?直到腊月初十,我才抢到两张腊月二十一凌晨三点从深圳开往重庆的临客票,订票的话费超过了车费。妻子突然不乐意了,她不是心疼话费多了。她觉得我起初分析得也不是没道理，为过个年，没必要大着肚子来来回回挤火车瞎折腾。加之县城通往小平故居的路已经修建，据说咱火山村不出五年将成为广安市主城区。村里不少房子都拆了，部分土地已征用，超生一个小孩的罚款也从两万一夜间飙到了三万。到时自家房子一拆，就算给你个安置房，也得猴年马月，这钱呐，能挣就挣能省就省，这年嘛，还是不回为妙。

但车票已买好，老人小孩都在家里盼着呢。突然就这么不回去了？如何向他们开口？

纠结了十来天。腊月十八厂里吃团年饭，不加班。饭后妻子说，离开车还有两天，现在退票，损失十来块钱，今天一过再去退，五十块就不见了。五十块，我得挺着肚皮在车间里干两晚上。

我说，你想好了？那就退呗！

退票得去火车站。我从厂门口刚一坐上去深圳西的中巴，她又打来电话说，退一张，留一张，你回去，一言为定。

妻子就这脾气，这种事儿一到节骨眼儿上总是一言为定，我只能由着她，那就退一张留一张吧。

从车站回到宿舍，见她正收拾行李，我说，难得有时间，再给他们买几身衣服嘛。不就挤个火车，习惯了，不怕。

她没吭声，一个劲儿往牛仔包里塞行李。

跟往年一样，给家人捎什么礼物她说了算。我的父母多年前就去世了，跟别的夫妻不同，在为老人家置办东西时，省了不少口角。我母亲是独女，父亲也就一姐一妹。小姑十六岁被人贩子拐去了福建,大姑家的几个表兄要么做建材要么包工程,忙得很,也少跟我家来往。所以,我那边没多少至亲走动。大姑父原本旧历九月过生日的,说是现在的年轻人都忙,也只有正月初几才有那么几天能坐在一起喝个酒吃个饭,就把七十大寿改在了正月初六。命运安排,我父母去世早,大到我找媳妇、小弟上大学,小到我常年在外问寒问暖诸等事务,大姑母、大姑父从未省心。而多年不见的小姑也将于正月初二从福建返乡为大姑父庆生,妻子说若不回去一个人,过意不去。

其实,除此之外,我得回去一趟还有别的理由。我老家裤裆湫新修了一条公路,那路刚好从我母亲坟前经过。那坟原本就不像个坟,没拜台,没坟身,更无坟面。当年,不知何故,父亲只用几捧黄土就把母亲埋了。后来父亲也走了,双目失明的二弟在县城算命营生,一年到头难得回老家一趟,就算回去了,睁眼不见五指也难以成事。我和小弟也只是年头年尾去化把火纸,去时还得给曾经支助过他上大学的远房堂兄的老父捎些礼物(堂兄原本四兄弟,大前年跟老幺在重庆通下水道时不慎中毒过世,兄弟俩合葬一处,成了我们还乡拜坟的首站。之后不久,其父落下胃癌,术后痊愈。旧年八月老家天旱,退耕还林后漫山遍野茅生草荒,种下的花椒树被杂草枯缠。其父上山除草体力不支,图省事点火烧草,意外引火焚身,享年八十有一,打小,我们都叫他伯父)。那些年,化完纸,在伯父家吃个便饭,又得急匆匆往回赶,别说好好替母亲垒坟,能在她坟前多站会儿都已是奢望。再说垒坟还得择日子，多在清明。哪年清明能回趟家把母亲的坟好好垒垒，不止一次出现在我的文字里。当然，趁年前这几天待在家里写几个字，也是我想回去的另一理由。我所在的工厂是个作坊式来料加工厂，平常特忙，这年前年后十来天假期，于写作确实难得。宿舍里的电脑已大修过两次，总觉得钱不够花，我一直没能换个新的。

厂里原计划腊月二十五放假时才发工资。我说我手头实在紧，少了这工钱没脸面回家。老板没办法，提前把我们的工资结了。这里的"我们"，除了我和妻子，还有一个叫我伯父的男人。他叫小伟，年近三十，仅小我十一岁。咋叫我伯父呢？这说来话长。

小伟的纠结

小伟是我干爹的孙子。干爹早年在县城谋事，小时候我见过，至今几无印象。据父亲讲，小伟两岁那年，娘跟爷争嘴，一气之下去了外省另寻人家。其父为此抑郁多年，渐而六亲不认五谷不分，蓬头垢面夜不归宿，整天在草把场游荡。草把场原本极小，烧一把谷草就能从场头走到场尾，因此得名。我念初中时，那里最宏伟的建筑莫过于乡政府的两层洋房。近两年，墟场上的原住民都拆了自家老屋，东拉西借，座座高楼拔地而起，很有些气派了。却说小伟父亲疯癫后，年幼的小伟只好跟着奶奶过日子。十一岁那年，奶奶病逝，叔伯们都有家口，小伟没了去处，就到了咱家落脚。从此，小伟就叫二弟"爸爸",叫我"伯伯"。那年,我二十五岁。四年后,父亲误饮毒酒突然去世,我便成了名副其实的户主,一家四口天各一方:我在深圳厂里混日子,二弟由一个煤矿下岗女工领着在县城算命营生,小弟刚上高中,小伟在昆明学制衣。我年近三十无家无业,在深圳生拉活扯勉强能供小弟上学,无法顾及尚未成年的小伟。同年,经人介绍,我认识了现在的妻子。后来小弟上了大学,我们泥菩萨过河自身难保,小伟就从我们的生活中消失了。

旧年七月,突然接一电话,对方一开腔就叫我伯伯。他说他在福建,又失恋了,不想再在厂里干了,想跟我借点路费去广西打建筑,我这才想起还有小伟这么个侄儿。我说钱不是问题,问题是这么些年了你不能老东跑西跑,来深圳吧,虽然厂里工资不高,但货源稳定。住在宿舍里,吃在我锅里,你不打牌不抽烟不喝酒,如果少去网吧少被女孩子哄几回,一年下来多少能剩几个钱。三十岁了,就算有个女人跟你,啥都没有去哪里落脚?

我不知道他的身体怎么就那么瘦弱,或许因了这瘦弱,他终归没去广西打建筑。到了深圳,他说得存点钱找个女人成个家。

小伟并没有真正意义上的家,这是他多年来独自漂着的根本原因。他原本也没打算返川过年的。来深圳不久,他就被一个江西女孩整得神魂颠倒。这女孩不足一米四,单亲,早年沉迷网络,高度近视,没什么模样,生于一九九七年,但伶牙俐齿,梦比天高,想去富士康当翻译,上班下班操洋话，叽里呱啦，日韩美法，不明觉厉。全厂人都劝小伟，说这样的女孩明摆着不靠谱。小伟反驳道，人生本无谱，有啥好靠的？

我跟小伟接触时间不长，他内向、偏执等性格常常令我想起他的生父。他几乎不跟我提他的生父，但偶尔会提起他的家人。他说城里人有城里人的活法，不是一路人难搭一条船，能怎么活就怎么活呗。

我去找老板结算工资时，小伟也跟进了办公室。他说前两天爷爷打来电话，说草把场的旧屋拆了，叔伯们盖了两栋八层洋楼，准备卖，给他留了一套，四房两厅，要他年前回去落实。

他没能买到腊月二十一的火车票，花了八百元坐汽车。我从深圳到重庆的临客百十来块钱，看上去很便宜，却走走停停，费时费力，苦不堪言。他比我晚一天出发，我到重庆时他也到了重庆。他却突然打来电话说不想回广安了，正在朝天门码头，要我去一趟。那些备好的过年礼物虽值不了几个钱，扔嘉陵江里实在可惜，要我帮他捎回去。

我说，就算你半途而废要返回深圳，也得来菜园坝坐火车呀，我在车站等你！

下了火车，我用行李垫着屁股，坐在菜园坝车站广场上等他。我一边抽烟，一边想事情。二十二年前，我高中毕业第一次出门打工，就是在这里挤了两天两夜也没买到去福州的车票。恰巧那个后来资助小弟上大学的堂兄在重庆做棒棒儿，他领着我顺江而下，爬墙越轨翻窗逃票，最终得以成行。

印象中，老重庆已渐渐远去。这年头年尾，来来往往，每回，我都尽量不走菜园坝。这回，为了赶上这趟火车，腊月二十夜里八点，我就从宝安出发，坐地铁去罗湖，历时三十六小时，终于从罗湖一屁股坐到了重庆。重庆跟广安相邻，我算是一只脚踏进故乡了。

记忆里，故乡的冬日是难得见到日头的。这个腊月二十二下午，重庆城里异常晴朗，为我一路上不太明净的心情添了些许亮色。

到了菜园坝，小伟又改变了主意。他说，能不能得到房子无所谓，爷爷老了，外婆也老了，快到家门口了还是回去看看。

遥望家门

如果一切顺利，夜里七点我们可以到达广安城。当然，这是假设。生活中，事情的发展往往跟预想有很大出入。在菜园坝坐了一小时，车出重庆城塞了一小时，所以，我们抵达广安城已是夜里九点过。我在火车上跟堂舅子小全说好的，到了广安给他打电话。从广安城回火山村的路因为修路已经烂得不成路了，天一黑，没有摩托肯去，他说他可以用从贵阳开回去的长安车拉我们回村。

在城南客运中心下了车，我给他打电话。他说还在城北哪家团年，农家乐里吃烤全羊，喝高了，没法开车，自己想法子。除了打的，我还能想出什么法子？去枣山的2路车已于六点半收工了，摩托车不肯去，的士佬的屁股翘得老高，从三十块到五十块,都没人想拉我们。仿佛我们要去的不是一个远不足十里名叫火山的小村子,而是千里之外的一座活火山。记得旧年初回深圳上班时,岳父送我们到村口,指着唐家沟说,这里有座桥,从枣山通往协兴的路将从这里经过。多年前我已从网上得知,枣山片区被规划为广安市的主城区,集铁路、公路、水运等优势于一身的枣山物流园,将新建一条大马路直通小平故里协兴。作为小平同志诞辰110周岁献礼项目,这条名为彭枣路的工程正在马不停蹄地赶着工期。据说,此路段两旁,已落地多个大型项目,比如,法国风情街、广安红色文化影视中心、富盈文化生态城……投资都是几十亿上百亿。前两者已尘埃落定,分别位于枣山物流园和协兴风景区。第三者的选址虽无定论,说法之一便是咱火山村。一时间,风起云涌,没盖楼的赶紧盖楼,盖了楼的赶紧重楼,重了楼的赶紧在房前屋后搭棚圈地,仿佛百元大钞漫天狂舞,伸手一捞便百世永逸。记得咱相亲时,妻家的老屋就在唐家沟坎上。那两间半草房,是我两个女儿的出生地。二〇〇六年,新房选址时,岳父说,唐家沟坡陡沟深,祖祖辈辈没个出路,钱短了,没法去城里买房,就去庙坎下买刘家的旧宅子翻修一下。建新房时,为了省些费用,地基以旧用旧,以至于后来手头松活了,也没法重楼。但旧宅子实在是大,单算一层也有二百平方米,如果拆迁,足足能分到两套房子。电话里,岳父一提起分房子就滔滔不绝,仿佛这将是他一生中最伟大的篇章。得知小伟的叔伯们在草把场盖起了两栋八层洋房,岳父才明白,其实自己十分渺小。

小时候我跟小伟的叔伯们见面就不多，而今对于他们的状况更是知之甚少。我只听说他们大多生活在这座说大不大说小不小的城市里，有事业，有家口。站在通往枣山的迎宾大道路口，望着西溪河沿岸的花园别墅，我问小伟，如果实在搭不上车，能不能找个亲戚住上一夜？很显然，我所讲的亲戚，就是他叔伯中的某一个。他却说，亲戚？爸爸不是在城里吗？你晓得，走过去不用五分钟，要去你去，反正我不去。他说的爸爸其实就是我二弟。二弟从裤裆揪住进城里好些年后，广安县才成为广安市。我离开广安已二十余年，有那么一两回，深夜回到城里，公路未通，下着雪，没敢连夜赶回家里，去他的租屋里住过。我不知道他女人的实际年龄，她叫我大哥，却大我好几岁。我小弟比她女儿小一岁，两人同年考上大学。我不知道二弟一年究竟能挣多少钱，可能他自己也不知道自己一年有多少收入。从某些方面讲，他的活路跟医生相似——扯着你的手要钱。但医生治病，他算命。据说，他一年的收入比一个普通医生少不了多少。小弟大学毕业后，成了一名医生，我曾问过他医生一年有多少收入。他说，难说。小弟能成为一名医生，除了自己的努力，亲朋好友差不多都尽心了。在资助小弟学业这个问题上，我女人跟我二弟的女人产生了矛盾。女人间的矛盾是很容易传染给男人的。我知道，于情于理，我们不该要求一个全盲为家庭分担什么。然而，我女人的理由似乎也能站得住脚：她女儿是人，自己的亲弟弟不是人吗？要支助，两个都该支助，凭什么只帮外人缴学费？但从内心讲，我一直想找个机会面对面跟二弟道个歉什么的,可他女人一直没给我这个机会。她说,大路朝天,各走半边,什么一家人?各打米另烧锅。

其实,小伟对他"爸爸"的女人也不太待见,但发了工资偶尔会给"爸爸"打点钱,毕竟,他的生父已去世多年。据说,他生父死后,骨灰就留在了火葬场,连个坟山也没有。所以,他这次回来,火山村成了我们共同的终点站。

没有人肯拉我们去火山村。那条老路已面目全非,路两旁的民居山峦已被推平。失去了参照物,即使白天我怕也难以找到我的家门了。

怎么办?小伟问。

就在城里转转,我说,等天亮了走回去。我这么说着,脑子里却突然冒出另一个想法。

我拨通了小全的电话。

我问,酒醒了没有?

小全说,能分清二筒和二条了。

搓麻将?我火冒三丈,骂他,狗日的把我们扔城里,不管老子死活了?

他说,都到家门口了还走投无路?你在哪里哟?好嘛,等我再摸一把就拉你们回火山……

团年饭

迎宾大道尽头,右拐几百米上枣彭路。路面凹凸不平,长安破旧不堪,司机酒气尚浓,一路颠簸,心惊肉跳。夜色深沉，回望城南，灯火若明若暗。起雾了，车灯下，小伟凌乱的发际露珠密布。夜雾、水汽、霉烂的橘子味儿充斥在乡间的角角落落。

总算到家了。

黑尔已八岁，看上去更老了。它哈着热气，体态臃肿，汪汪汪叫过几声，便嗅出了主人的味儿，用嘴撕扯着我的裤脚，尾巴左摇右晃，不亦乐乎！岳父听见狗叫，亮了路灯，天冷，好一会儿才穿戴规矩出了屋子。女儿朝我笑笑，快上初中了，没先前肯喊人了，连声"爸爸"都没有，眼巴巴望着小伟。按辈分，她该叫他哥。岳母在灶屋忙活，柴火很旺，大铁锅里的水吱吱响着。多少年里，此时此刻，岳母都会备好一大锅热水，洗却我一整年的劳碌与疲惫。每当热腾腾的水汽漫过身子，我才真真切切感觉到，我的肉身已回归故土，我那常年游荡的灵魂终于可以在故乡稍加安顿。柴灶上的另一口铝锅里，散发出腊肉的香熏味儿，这种由鲜柏丫烟熏出来的肉香味儿，才是故乡真正的年味儿。

我不知道小伟有多少年未曾品味过这种味儿了。我以为他会对满桌子的农家菜夸赞一番，他却边吃边玩手机。在深圳，无论上班下班，无论白天黑夜，无论在车间还是宿舍，手机已成为他身体不可分割的部分，这显然与他的年纪不太相符。他却多次反问我，一不打牌二不喝酒三不抽烟四没女朋友，我不玩手机玩什么？

入睡前，岳父指着一排排腊货说，十斤香肠，四块腊肉，六个猪舌，一只鸡，半边憨宝鸭，都烘好了，全带走。鸭子本来是一只的,你女儿要吃,就弄一半吃了。

小伟突然说,我初四可能动不了身,那边爷爷叫我明天去趟城里,把房子落实了,又叫我开了年不去深圳了,跟着小叔搞建筑。

我看了看那四块腊肉说,返程票只能到广州东,又是半夜,转车麻烦,我一个人回深圳还是少背点,肉太肥了,带两块就行。

岳父说,肥什么?你们越来越假(挑食)了!那时候天天望过年,就图吃块肉。世道变了,乡下人过年都爱去城里吃馆子,大方点的兴烤全羊,小气点的吃火锅。这些杂种,麻将五块钱一炮,香烟二十块一包,个个都成百万富翁了。要不是屋后头有个庙子,我们这房子也早拆了!拆庙容易安菩萨难啊,龟儿老板都懂!庙子再小也有灵气,不是谁想动就敢动的。咱平头百姓,算了,不说了!你看李大炮那么鸟,当年超生三胎,拆房子、蹲大牢、动刀动枪都不怕,如今房子一拆,还不是被钱把嘴给糊死了。

我不明白岳父究竟想表达什么。房子拆与不拆,真这么重要吗?

一个热水澡,只能令我的毛孔舒展片刻。高粱酒和腊肉催暖了身子,却无法抵消旅途的困顿。点燃身上最后一根香烟,我和衣躺床上,眼皮儿再也招架不住了。岳父从衣柜里翻出三包香烟说,全是好烟,一包二十,坐席送礼主人家发的。腊月间走了八家人户,送礼好几千。只要人家请,我都去了……

我实在无法支撑住身子，岳父的唠叨声越来越模糊。我得早点休息，天一亮还要赶去邻水小弟家，一是看看快满周岁的侄女，二是把他电脑借回来，能写就写几个字儿，写不了就整理一些旧作。深圳一文友说过，尽量申请，到时帮忙出本集子，无须自费，搞活动时若有回购，多少还能挣点稿费。写了这么多年，没什么名堂，若真能出本书，何乐不为？

睡得晚，天却亮得极慢，毕竟年关了。

这些年在外面，睡眠一直不太好。我第一次醒来，五点不到。我没亮灯，窝在床上听小伟说梦话，他忽儿房子，忽儿亲爱的，忽儿哭，忽儿笑，听得我鼻子酸酸的，便突然想起一个段子：当你正在为找不到一双合脚的鞋苦恼时，应该想想，这世上，还有不少人连脚都没有呢！想想也是，他在外流落了这么些年，大老远回来，居然没有一间属于自己的屋子，没有一张属于自己的床，没有一个真正亲近的人。回家前，我们都已买好返程票。他原计划初四回深圳，初六跟江西妹一起爬莲花山给小平爷爷拜年。起初我担心初六的票难订，先订了初四的票。后来初六的票居然也订到了，便给妻子做工作，大姑父十年做回寿，小姑老远从福建赶回来，我怎么着也得初六吃了午饭再走。妻子好不容易同意了，可刚一到家，小伟就说房子的事儿难办，初四肯定走不了，我得赶紧把这给妻子说清楚。

天一亮，我给妻子打电话。她说你什么意思？你没在深圳过过年吗？大街上连个鬼影子都没有！他初四不出来，你初四就不能出来吗？

我把她的想法跟岳父说了。岳父说，别理她，过完年再说。

按往年的规矩，岳父年长，奶奶又在我家吃住，咱家理应最晚吃团年饭，但再晚也得在除夕的头一天，因为还有这么个讲究：年三十才真正团年，这一天，一家老小只能待在自己家里吃饭。

倘在往年，腊月二十三一过，哪家哪户哪一天请团年就已经排好了。

二十四早上，我见一大家子仍没响动，就问岳父，可不可以先吃团年饭？早吃晚吃都是吃，挨家挨户吃完了，年前就回深圳。

岳父说，什么可不可以？你奶奶不在了，我是老大，我怎么可以先请他们过年呢？竹子还分上节下节嘛！过年不讲点规矩什么时候讲规矩？你奶奶三十八岁守寡，我长兄当父，现在个个都儿大女成人了，他们应该先请团年才对！

岳父边说边朝鸭塘边望。

三岳父家就在鸭塘下边。我也朝鸭塘边望了一眼。

三岳父正朝我家走来。三岳父左手提两瓶酒，右手拧一箱奶，老远就笑嘻嘻地打招呼。

他说，明天团年。我大女从湖北回来了，一家人吃个饭。女婿也回来了，一家三口都在四川落户，我高兴。

要得要得！岳父乐得合不拢嘴。他说，要不这样，后天我家吃，老二还没决定，等他们决定好了年都过完了，算了，不等了。

三岳父说，我先去请他们，顺便问问，然后支了两支烟，朝二岳父家走去。

于是，三岳父家开头，二岳父家结尾，这团年饭就这么挨家挨户吃开了，吃的都大同小异，腊味：腊肉、腊肠、猪头、猪尾、心、舌、腰、肚、肝；外买的除了鸡爪子、牛肉、毛肚等卤菜，还有蒜薹、荷兰豆、青瓜、四季豆、苦瓜等外地运来的反季节蔬菜；除此之外，还有水煮鱼、炖土鸡和焖猪脚。我最好的还是鸡，做法考究，农家土鸡，柴火慢煨，不油不腻，滋黏香润。当然，桌子上最金贵的，当数荷兰豆，二十五元一斤。

席间，大伙儿说得最多的还是拆房子。比如，哪家男人没给主事的好处，吃了大亏；哪家女人精明嘴甜，花一千赚了一万。当然，这些都只是传说，真假难辨。说完别人又说自家，说到自家，岳父就叹气。他边喝酒边指着我鼻子说，当年，你们段家的亲戚肯借钱的话，我这房子也是三层！三二得六，六百个平方，你算算这个账。

小全的梦想

妻子在电话里一遍遍追问我何时返深。我说女儿不让我走那么早。她说，脚长你身上，由得了她？工业区除了几个保安和扫地的，人毛都难看到一根！你们吃香的喝辣的，我喝西北风？我说你莫急，我初四回深圳就是了。

福建的小姑初三晚上才能拢广安，二十多年没见面了，我怎么也该陪她玩玩。但妻子有身孕，我只好将就她，决定初四启程返深。我去邻水小弟家时，已跟他商定，正月初五一起回老家裤裆湫烧纸。可眼下行程有变，我只能提前去老家了。

从妻家去老家，三十来公里，无直达班车，费事儿，一个来回得一整天。记忆中，女儿跟我去过一次，近三年，妻子都以各种理由没去。妻女都不去，我总觉得少了点啥，到了裤裆湫心里空落落的。旧年初我曾想，小弟也做父亲了，到时咱三兄弟携妻带女同返老家走一圈儿，虽说不上衣锦还乡，但怎么讲也有一点成就感、归属感。可年中，二弟想在城里买房，妻子没借钱给他，我们就很少联系了，这个愿望也泡汤了。

还在深圳时我问过女儿，到时要不要去老家给爷爷烧纸。她说不。我问为什么？她说不为什么，就是不想去，去了没意思。所以我决定，等家里把年团完了，大年三十这天自个儿回老家。岳父说人死如灯灭，你要有那孝心在家里烧烧也行，挨个挨个叫上名字，他们自己晓得来领钱，现在马路四通八达，阴间阳间不一个样？

我知道岳父说这话自有其理。可我还是决定亲自去一趟裤裆湫，毕竟那是我的生养之地。我是长子，不带好头，将来怕更没人愿亲自去一趟了。更何况，虽然大伯去世了，大伯母还在，滴水之恩虽不能涌泉相报，一年到头去走走看看还是应该的。村子里，老人们一个个走了，娃娃们一年年大了，要是三五年不回去一趟，怕没几个认识了。

岳父见我坚持要去，没再吭声。晚上，我打电话给小伟，问他房子怎么样了，能不能一道回趟裤裆揪，顺便看看他草把场的新家。他说前两天去过老家了，那房子尚无定论，就算成了也要他拿几万本钱出来。我知道，他全部家当还没五千块，去哪里找几万？唉，家家都有本难念的经，躺在床上，我怎么想也想不明白。

眼睛快闭上时，小全来了。小全身体不太好，他女人一直不让他抽烟，他总是偷偷摸摸抽。他一进屋就递给我一支玉溪，其实我也好长一段时间不抽烟了，血压高，小弟说最好不抽，我还是偷偷摸摸抽了一阵子。后来妻子有了身孕，也叫我别抽，我总是时不时吸两口。旧年十月，突然口干鼻燥，几个喷嚏一打，时不时流起了鼻血，量虽不多，我上网一查，不由得紧张起来，这烟就一直没敢再抽了。可一挤上火车，那鼻血突然没了，多年不愈的鼻炎症状也轻了，我问小弟咋回事儿，他说天气原因，于是一路上我又抽了起来。

接了小全的玉溪，我倚在床头，没有下地的意思。

他说，哥，明天三十，没人请你过年了嘛？我们去城里转转。火车站旁边有个新楼盘，我想好了，如果家里的房子一推，赔我三套，我卖两套，整个门市，做瓷砖生意。你想，到处都在修房子，哪家不装修？车站边，好地段，包赚钱！

我说，你以为房子说赔就赔？城南有些人，快十年了还在租房子！欠一屁股账，你买门市？

那怎么办？看到银子化成水？商机商机，只要通商量，就一定有机会！你晓得的，机不可失，失不再来！他说着，又递给我一支玉溪。

他说的楼盘我略知一二，就是物流园里那个法国风情街。大家都知道，这个马年，是小平同志诞辰110周年。据报道，那开发商取这么个名字，就是为了纪念他在法国留学的经历。楼盘确实气派，一千亩，刚挖基础，四周修了围墙，墙上的广告极为诱人，效果图看上去也不错，计划年后开盘。如果有钱，我也会考虑的。

能怎么办呢？我说，不是你的你莫想。

那不行！嘴边的肉，怎么也得咬一块！再想想，你是作家嘛，鬼点子多。他又给了我一支玉溪。

这回，我没接烟。我还真替他想了起来。

我想到了一个新闻，那个关于农村土地确权宅基地抵押什么的新闻，就给他说了个大概。

他说，好，就这么定了！用宅基地抵押，贷款，供个十年八年，坐收渔利！明天没事干，陪我去城里逛一圈儿，还有什么临港大市场，也去看看。

明天我还有事，我说，回老家烧纸。

岳父说，那开车去嘛，顺路，把大姑家的礼送了，你不在家，初六我们就不去了。

小全想了想说，行，转一天，自驾游。咱们不是在搞5A级风景区嘛，都家门口了，咱先游两圈。

我塞给他一百块钱说，不能白跑，拿去加油。

咱村里的外来工

听说我第二天要回老家,岳母大清早就起来弄早餐了。

其实,那一整夜我都没睡踏实,心里装着事儿。人都回来了,初六的票也买好了,却不能给大姑父庆生,实在难为情。他中风了,这个病没个准儿,说不定哪天就走了。此外,去到老家裤裆湫,沾亲带故的自不必说,凡是家父生前要好的,我都会或多或少拧点东西。今年手头紧,可再紧也不能紧那几个钱,要不回去图啥?

我听见岳母刚进灶屋,岳父也咳嗽着醒了。

早些年,岳父的支气管病特严重,前年,小弟叫我带他去医院好好诊断了一下,对症下药病情已见好转。刚回来那两天,天气晴好,基本上没听见他喘咳。近几日吃团年饭过于油腻,加之一时兴起,小的们敬酒他也不推辞,这早上一醒来又会咳上一阵子。

我看了看手机,五点刚过。女儿已在隔壁房间开了电视,音量很小还是被我听见了。前几天夜里,我还能听到声声鸡鸣。随着年关一日日逼近,估计鸡们也被宰杀得差不多了。据岳母讲,因为修路,村子里大半人家都被拆了,租房子住,哪顾得上养鸡?只有李老头家还有两只大公鸡,那是他特意蓄着送人的。他儿子刚当上村干部,有些就喜欢吃他家的土鸡。

快六点时,我终于听到李老头家那两只鸡叫了,便下床出了房门。

村子里，偶有几户人家亮了灯。晨雾实在是浓，房子已被拆得七零八落，我无法弄清哪是哪家的屋子。工地上的灯却十分亮堂，远远地还能看到路基的轮廓和走向。

我决定去外面走走。

天还早着呢！这冬天里，故乡的晨光来得实在是慢。

在深圳，我已养成早起的习惯。妻子把闹钟调在六点半，但我六点过几分就自然醒了，然后去市场买菜，回来做早餐，准备中午和晚上的米菜，一天的生活由此拉开序幕。

记忆中，岳母是我们家起得最早的一个。退耕还林前，农活多，苦，累，岳父身子不好，她总是天不亮就去地里忙活了。后来坡上种了橘树，稻田的活儿相对单一，她还是改不了早起的习惯，就算啥事儿没有也会早早起来房前屋后东转转西走走。再后来女儿上学了，怕迟到，她起来做早餐的时间又往前提了。

其实在乡下，又有几个能睡到太阳晒屁股才起来呢？可大年三十不比平常，早起的人还真不多，偶有几个路人，都是抄小路去城里卖菜的老头儿老太太。

我去外面走走，是想去和工地上那个瘦老头子说说话。

这些天，只要路过工棚我都会跟他寒暄几句，他是这片工地上留下来过年的唯一外地人。他说他老家在河南，我去过河南，大概二十一年前，跟我大姑父的小儿子去过新野搞装修。他会讲几句不太标准的四川话，更多时候却讲着河南话，我听得明白。

实际上这里并没有什么东西会令小偷感兴趣，这些预制好的桥涵构件轻则数千斤,重则数百吨。他说就怕人家搞破坏弄出啥事儿,人命关天,工程问题不是闹着玩的。

也许是在深圳待久了,我觉得在这村子里就跟他比较谈得来。

我问他,咋不回家过年呢?

他说,不想。

咋就不想呢?

他说想啥?光棍儿,兄弟姐妹侄男侄女各散五方,都没回家过年,自己回去有逑意思?

第一天见到他,我们几乎无话不说。腊月二十九那天,我跟岳父商量,叫那河南老头儿过来吃个团年饭。

岳父没吭声。

我知道,过年人越多越热闹,但也有这么个说法,去别人家过年得连续过三年,不然对双方都不吉利。对于这种民间说法,我有时信,有时不信。对于这事儿,我不能自作主张,只好信了。但下午,我还是特地去工地上看了看他。他似乎喝了点酒,睡得很沉,不知道我去过。

来到工棚门口,我望了望天。天还灰着,灯光从棚子里透出来,雾茫茫的。我紧了紧外套,敲门。没人应声,又大声叫了叫叔,还是没人应。

回屋子里,岳母告诉我,那个老东西,肯定又去麻柳湾儿了。

麻柳湾儿在城北,原本是个农批市场,不知哪年起,成了光棍们的乐园,这个,乡下的老人小孩都知道。

但愿,岳母只是随便说说,我想,他应该不会去那种地方的。

去大姑家

早餐很简单,糯米小汤丸,一人一大碗。传统说法:年三十早上汤丸吃得越多,鸡越肯生蛋。虽然乡下养鸡的人越来越少,但这个传统还在。跟小时候不同,岳母在每人碗里加了两个鸡蛋。在老家吃鸡蛋,我总会想起一件旧事。那年母亲刚生了小弟,体弱,医生叫她想办法吃几个鸡蛋补补,母亲说鸡蛋都换成药费了。医生说还有个土法子,你试试,去别人家找蛋壳,细火煨了吃也有营养。母亲试了几回,没见成效,又拖了几年还是走了。后来我常常把这事儿讲给小弟听,可能小弟真听进去了,学习成绩一年比一年好,总算成了一名医生。再后来我又把这事儿讲给女儿听,女儿说,我不吃鸡蛋照样能考好,鸡蛋有股鸡屎味儿,吃了反胃。

这回,女儿依旧没吃鸡蛋。岳母收拾碗筷时,小全来了,见碗里还有俩鸡蛋,二话不说就解决了。我跟他是郎舅关系,玩笑随便开。我说大过年的,你娃娃穷吃饿吃,讨口也分时间嘛。

他说莫笑我了,命苦啊没得办法,个个睡得像猪一样,都不起来搓汤丸。

他话音刚落,二岳父也到了。

二岳父说哪个懒?龟儿懒!老子端到桌子上你就跑了!

哪里有钱捡吗？跑这么快？

　　过年了，莫吵莫吵！岳父说。

　　二岳父说，在家里吵了才来的！你娃娃想得天真，想把房子拿去贷款买门市？你以为那里有天大的便宜捡？

　　小全看他一眼，很不爽，想还嘴，被我止住了。我说反正油费我都出了，今天出去溜一圈儿，中午我请你们吃火锅。

　　走嘛，我也去，先去你大姑家把礼交了，然后去裤裆湫，你都过来这么多年了，我还没给亲家母烧过纸呢！岳父对我说。

　　二岳父说，那我也去，脚跛了走不得，坐车，你们到哪里我跟到哪里，不是要去看门市嘛，我指给你们看，荒田荒土野山坡，做什么生意？

　　小全又看了一眼父亲，没吭声，把车打燃，待大伙儿都上了车，每人发了一支玉溪，然后嘟嘟嘟朝城南开去。

　　车到法国风情街楼盘时，小全探出头，伸长舌头努了努，对我说，看嘛，前面４Ｓ汽车城，左边客运中心，右边火车站，财源滚滚啦！一人投资，儿孙坐吃俸禄！

　　我说，明年出去多挣点钱，到时再说嘛。

　　小全说，我不管，就这么定了。

　　二岳父说，定了？哼哼，你想得安逸！管你怎么搞，反正老子老了，残废了，动不得了，你莫搞得我鸭儿棚棚都没有。

　　岳父说，年轻人是该闯一下，但有一点你要记住，养儿防老，养猪致富，吃喝拉撒，随喊随到。

按广告上说的，这里确实是个好地段。人到中年，坐在车间里越来越力不从心，我早就想回家做点小本生意了。要是我有钱，也想在这里付个首付什么的。见他们父子正为此事僵着，我哪敢火上浇油？只好催促小全开快点，尽量赶回城里吃午饭。

大姑家在石桥，地处广安正在崛起的东南片区。去年，广安区被一分为二，以渠江为界，江东为前锋新区，以工业为主；江西为广安新区，主打旅游业。东南、枣山两个片区正成为广安跨越式发展的新名片；前者内辖广安经济开发区、广安港以及多个高端楼盘；后者以物流园为中心，号称川渝合作经济示范区，是经商、人居、游乐的新天地。而去大姑家的路，也因为修路烂得没有路了。好在是个白天，雾轻薄多了，远远近近已能辨明哪里是被推掉的山丘，哪里是被掀翻的民居。

每回去大姑家，我都会捎点东西去表兄家。旧年岳父六十大寿，我在深圳没赶回去，曾打过电话请表兄们去替老人家祝寿，但忙于生意没去成。我以为岳父会计较，没想到他这次大大方方跟着我们一同来了，倍感意外。

车到大姑屋门口时，我手机响了。

小伟在电话里说，房子的事，叔伯们还是没定准，那房子还没装修好，没地儿去，还得去我家住几天。我说去就去呗，打什么电话，烧完纸我们就回来。

这时大姑迎了出来，一听说小伟也回来了，就问咋不一起过来。

我说他忙，过几天不忙了再来。

其实小伟早交代了，说这些年没存到钱，没相上女朋友，走哪里都没面子，见了亲戚别提他从外头回来了。

在裤裆湫

本来打算在大姑家把礼送了坐坐就走的，可大姑父见岳父亲自来了，高兴，硬要我们吃过午饭再走。我女儿不依，横竖立马走人。表妹夫过意不去，说，亲戚处喝碗水也甜，好久没在一起喝酒了，这回来了怎么也得喝两杯。

我说血压有点高，鼻子老出血，不喝了。

他说那吃菜，腊菜，端出来就吃。

于是大家围拢，吃菜。盛情难却，我陪着喝了两杯。女儿不小了，脾气还那么大，不肯上桌子。我本想骂她几句的，想到她能来一趟已经不易，没骂出口。

从大姑家出来，已近十一点。表兄接连打来电话，叫我们下去吃午饭，蛮客气的。我说吃过了，如果你们有空咱们一起去裤裆湫，帮你外公外婆烧把纸。他说年底了实在忙啊，年后再去。

记忆中，家父去世后，老家断了烟火，表兄们也确实忙，我在家待的时间又短，很少有机会同时去裤裆湫。都有家口了，一年忙到头，哪能面面俱到呢？我一路上想。

从大姑家去我老家，原本没有公路，这几年家乡最大的变化莫过于村村通公路。这条乡村公路弯弯拐拐坡坡坎坎，走起来颇费劲儿。已近中午，隐隐地有些阳光。路两旁全都退耕还林，橘树、桑树、花椒树参差其间，偶闻三两声鸡鸣犬吠，尚觉这乡情野趣未曾消失殆尽。

快到草把场时，我叫小全放慢车速。我还依稀记得小伟家老屋的样子，一间临街铺子，旧式木排列，竹夹壁子，后拖一通，进深几十米。屋后，竹林花草一年比一年茂盛。每打这经过，我就会想起儿时向干妈讨压岁钱的情景。那年月，走亲戚也简单，一包白糖或水糖，就走一户人家。压岁钱不多，一毛两毛的，揣兜儿里总舍不得花。父亲常跟身后，每每花五分钱买一根甘蔗或一个气球，想方设法套出我的压岁钱。

如今，父亲走了，干妈也不在了，干爹住在城里可能也不认得我了。但他的嫡孙还叫着我伯伯，在这新年大节，还得去咱家过日子。盲弟虽然跟我少了来往，但他毕竟是我亲弟，小伟叫着他爸爸，我怎么着也得好好看看他未来新家的模样。

但草把场已不是我记忆中的那条小街了。铁匠铺不在了，卖篾货的孙瞎子也不在了，扎花圈的刘歪嘴也没了踪影。我想停下来找个人问问，可谁都不认识我，我也不认识谁。除了这一排排全天下式样儿都差不多的高楼大厦，一切的一切都如此陌生，陌生得我已记不清儿时走过的石板路，陌生得我已分不清哪两栋八层高的房子是在我干妈家的祖屋上建成的。

车出草把场不久，又驶入乡村公路。这条公路是前些年村民们自筹资金自出劳力修建的，它依山傍水，顺势而起。这里是川东典型的丘陵地貌，溪流沟壑，纵横交错。由于青壮年大都外出务工，田间坡头杂草遍野，偶有野鸡水鸭出没。虽是寒冬腊月，但气候暖湿，山花绿水倒也随处可见。小弟曾在电话里说过，旧年八月他从邻水返裤裆漱送大伯上山，这条路就已经用水泥硬化过了。如今放眼望去，通往人家的水泥路蛛网一样遍布各处，令人眼花缭乱，但山川河流我还记得。在我的引导下，一路驶去，小全并不觉得吃力。

正午时分，车到巷子口。大伯的孙子在这里开了间杂货铺子，烟酒纸烛等小百货一应俱全。铺子两通两层，楼上摆了几桌麻将，顾客大多是本村人氏。每回在此落车后，我都会见人敬一支烟。有我认得的，也有我不认得的，但他们大都还记得我的小名，不记得的经人一点拨立马就记得了。各人接了烟，有的夹耳根里，有的放烟盒里，有的叼嘴上。叼嘴上的也不急着点火，自顾自摸牌出牌。

这次回老家，我身上照例揣了五包烟。但大伙儿都回家里团年了，所以一支烟也没散出，反倒是店主给了我一支玉溪。按辈分，他叫我叔。大伯在世时，这远房侄儿一见到我们就会朝老屋"爷爷、爷爷"地叫，说大老子又帮你送酒来了，多弄几个菜。

这回到了他店里，我特意说已吃过午饭，别麻烦了，挑选香烛纸钱时，也比常年多了一份。

大伯的墓地就在路边，子子孙孙已在坟前拜奠过，灰烬尚存。但春雨未至，春草未发，坟头坟尾只有些许枯枝残叶，荒凉之感油然而生。故人已去，唯有裤裆湫的河水潺潺西流，恍若隔世。

爆竹声声响，纸钱片片飞。新冢埋故人，旧坟又一春。生我养我的裤裆湫，几多欢颜几多愁。

大年三十，正午，扶老携幼，走在乡间马路上，只恨才疏学浅，不能赋诗一首。

行至母亲坟前，回望故园，芭蕉林里，石板青青。除夕，午后，暖暖的冬阳里，母亲的音容笑貌，一遍遍在耳畔回旋。

摸出手机，我给小弟打电话。

我说，回家了，正给妈拜年呢。

他说，好嘛，你先去一步，我正在科室忙呢。

妈，听到了吗？您走时，他才六岁。他也做父亲了，也能看病救人了。如果您还健在，才花甲之年呀！

祝你马到成功

调转车头，从裤裆湫启程回火山村，已是午后两点。行至巷子口，我摇下车窗，朝杂货铺望了望，噼里啪啦的麻将声响彻耳际，大伙儿正尽兴着呢。我们没下车打扰他们。再说，翻山越岭的，大家肚子早空了，都急欲赶去草把场吃点东西。

场头到场尾，食店的门都关着。大年三十，谁开门做生意？还好，路边有几个烧烤摊子，围了不少孩子。于是坐下，每人三支羊肉串、两串豆腐干。女儿嫌不够，又要了一个鸡腿。

重新上路时,我又朝干妈的老宅处望了望,还是没能分清小伟的新居究竟是哪一栋。我给他打电话,问到火山村了没有。他说还在城南,不去了,想去"爸爸"那里,过年了,给他几百块钱,然后,可能再去城里爷爷那里把房子弄明白。

挂了电话,我这才想起,我跟盲弟之间很长时间没通过电话了。我调出他的号码,转念又消除了。我能跟他说点啥呢?问他生意可好吗?这无须问,干他们这行的,就靠年头年尾。想升官发财的,求平安的,消灾的,还愿的,都得找找他。他正忙着呢,就算电话通了,还没说上两句,可能他又急着挂了。

除夕一过,马年就来了。马上有房,马上有钱,马上有喜,马上添丁……仿佛一切就在眼前,却又分明遥远。我望了望车窗外,目所能及之处,尽是精巧别致的新式民居。白瓷片的门框上,大红的春联格外显眼。

收回目光,环顾车内,女儿啃完鸡腿像是睡了。岳父和二岳父面无表情,不知都想着什么心事。小全叼着烟,加足马力,也没了往日的滔滔不绝。窗外是我熟悉的山山水水,车内是我的亲人,而此刻,我却觉得仿佛独处异域他乡。

车到城南时,天突然阴沉下来。我看了看手机,离天黑还有两个小时。我正要提议下车走走,二岳父倒先开了口。

他说,变天了,腰痛得莫法,买点药。

于是下车。女儿跟爷爷们去药店,我和小全坐在小平纪念馆对面的绿化带上。他掏出最后一支玉溪,笑笑说,独烟不出门,还是顾各人(自己)。

我说，你就晓得顾各人。

他听出我话中有话，又笑笑说，没得办法，反正门市我买定了，天王老子都别想让我回头。

你老爸肯吗？我问。

有啥不肯？投资，又不日嫖夜赌不务正业，他说。

换个角度，如果你是他，你肯吗？我说，你想想，宅基地一抵押，万一有什么事，到时大家在哪儿落脚生根？

你怎么能这么想呢？人要朝前看，你在深圳那么多年，这点观念都没有？

或许吧，我的话深深触动了他。但我不这么说又能怎么说？他的回答同样触动了我。是啊，这些年在深圳，真是白活了。

上车后，大家依旧一言不发。大过年，一家人不能因为这么个毫不着边际的事儿闹成这样，我得想个法子说服他们。

摸出手机，在网上百度了一下，我发现只有广州才开始试点宅基地抵押什么的，别的地方还只是一席空谈。

我把手机给小全。他瞄了一眼，嘴里哼了哼，说，过年了，不说这个，条条大路通罗马，实在不行，我另外想办法！

祝你马到成功，我说。

鸡　事

回到家里，已近黄昏。

除夕夜，别的地方也许才真正开始过年，家里却极为清静。连续多日大鱼大肉已令肠胃异常饱足，加之回裤裆湫舟车劳顿，女儿和岳父早早就睡了。春晚尚未开始，岳母明早还得起来煮元宝，也洗脚上床了。

可供耕种的田地越来越少，家里的农具和粮仓仍占据着两间屋子。因为缺钱，当年岳父盖房时只得半途而废，楼上高度不够，无法住人，楼下虽有两百平方米，住起来依然比较狭窄。我们的卧室里，除了冰箱和衣柜，还挂了一长串腊货。岳父说现在交通方便了，贼娃子到屋不再背竹筐提篓子，半夜开着面包车，鸡鸭猪狗一扫而光，厉害了。这一长串腊货说是值不了几个钱，可蛮费功夫，岳父就宝贝儿一样把它们挂在了我们屋子里。

前些年回来，女儿还时不时过来跟我们睡两晚上。年一过她就十二周岁了，害羞，已分铺。一个人躺着，给妻子打了个电话春晚就开始了。不少人都说春晚一年不如一年有趣，可我年年都得挨到零点过，因为家里有个传统，零点时，除旧迎新得放炮。

家家户户放完炮，春晚差不多就结束了。我灭了灯，辗转好一阵子，耳际仍嗡嗡响。

在深圳打工生活近二十年，没混出个样子，却落下不少毛病，高血压、皮肤病、鼻炎、失眠一样都不少。其中，这失眠是最烦火的。每年除夕夜里放完炮，我失眠的症状就会愈发严重。前些年，我几乎整夜整夜听着鸡叫才能等来新年的第一缕阳光。但这晚，直到天亮，我也没能听到一声鸡叫。

不是李老头儿家还蓄着两只大公鸡吗？是不是年前送出

去了呢？这一整夜，虽然我没听到李老头儿家的鸡叫，但确实是想着他家的鸡才挨到了天亮。李老头儿前些年没养鸡，养鸭。鸭塘就在三岳父的屋后头，塘边柳树成荫，还成排成片地盖了好几通鸭棚子。

近两年，李老头儿不养鸭子了，养鸡。鸡只不多，二三十只全是乌脚红冠土鸡，从小到大不沾饲料，成天在坡头坎下野放。有钱人不缺钱，缺放心食品。像李老头儿养的这种家鸡，再有钱也不一定能买到。

天亮不久，李老头儿就从我家门前经过了。

他每天早上都会从我家门前经过。他的鸡只就关在我屋对面的老宅子里，他女人晚上在那宅子里过夜。前几天我见他从门前经过时手里总提着一只小竹篓，竹篓里有鸡的早餐——他亲自饲养的蚯蚓。

我见他没提竹篓子，便确信他的公鸡已经不在了。我照例给他敬烟，点火。在村子里，我对谁都客客气气的。

给李老头儿敬烟前，我还说了句新年好。

他却摇摇头说，好？好他妈个述！大年初一老子都要咒他！狗日的，老子的鸡是怎么死的，他就得怎么死！

骂完，他又呵呵一笑，说，大清早，不该在你家门前说这个。不说嘛，我又气得很！搞得我一整夜都没睡着。这鸡值不了几个卵钱，可我说好的初二给人家送去，新年大节的，不可能给人家送个死东西嘛。

待李老头儿走远了，岳母把我叫进屋里，关了大门，细声讲了这鸡究竟是咋回事儿。

大年三十这天上午，两只公鸡打架，小点那只打不过，站在塘坎上一飞，就下了岩脚下。岩下已荒芜多年，杂草齐人，李老头儿两口子叫来子子孙孙漫山遍野寻了大半天连根鸡毛都没看到。傍晚，鸡该进笼了，一家人才又想起另一只鸡，于是房前屋后一阵苦找，结果，在二毛的厕所边找到了，却已经死了。

二毛是个老光棍儿，早年靠种点小菜营生。菜地东一块西一块的，不好管理，常有鸡只讨嫌。起初，他只是骂骂鸡。鸡听不懂人话，照样下地讨嫌，于是他就骂人。大凡光棍儿骂人，难听，有的人听不得他骂，索性不养鸡了。有的人不怕他骂，比如李老头儿，你骂急了他把你的菜苗子拔掉。二毛没得法，只好使阴招，下毒。头几回倒霉的，都不是李老头儿的鸡，但他分明感觉到了危险，就警告二毛，再胡作非为，我把你送派出所。第二天，还真有派出所的来清问二毛，他也就规矩多了。

但据岳母讲，去年起，二毛就没种菜了。原因有二：一是政府的救济差不多够他花了（只要不去麻柳湾儿）；二是他年岁大了，空手进城都喘个不停，哪还有力气肩挑背磨？按常理，二毛不种菜了，就没了作案动机。可村子里也只有二毛做过这种事，而案发现场就在他的厕所边，大家都怀疑是他干了这事儿。

婚后十来年，我在村子里待的时间有限，对于村情几乎一无所知，除了二毛，我也想不出还会有谁干这种事儿。但事情已经发生了，鸡死不能复生，就算是二毛干的，一个老光棍儿,别说派出所,天王老子来了又能怎么着?

事情的真相到底如何呢?我真是一点兴趣也没有。

我刚吃完元宝,这李老头儿就来找我了。这回,他先散了支烟给我。

他说,村里的年轻人,就你不打牌,今天麻烦你,帮个忙,去岩下找鸡。

这马年头个日子,就摊上这事儿?可我又找不到借口推脱。

他女人没跟着我们下岩去,她跟我要了我二弟的电话号码,她说这事儿来头不小,得请我二弟想个法子大事化小小事化了。接通电话,我二弟说正月间乡下生意好,没在城里,等过了十五再说嘛。挂了电话,她六神无主似的,直摇着头回了老宅里。

我和李老头儿在岩头岩尾寻了一整天,还是没有另一只鸡的下落。

我说,算了,等它在外面变成野鸡再捉回来,人家不是更喜欢?

我的话音刚落,他突然跳了起来,说,对对对,野鸡野鸡!晚上再麻烦你一下,我们到岩口守一夜,那里野鸡多,看能不能捉两只。

我本来又想推脱的,可转念一想,还是默许了。

晚饭后,我换了双胶鞋,带上手电,等着李老头儿来叫我去捉野鸡。她女人却打来电话说,不去了,他老毛病犯了,喘得厉害。

在岩山上劳碌了一整天，好困，我早早上了床，很轻易就入睡了，睡得却不是很踏实。迷蒙中，似有鸡叫，还有一阵紧似一阵的脚步声。

待我起身出了房门，才发现村民们都朝岩湾奔去，时不时有人喊着，出事了，出事了，二毛出事了。

年尾过了是年头

二毛被弄回村里时，天已微明。他躺在李老头儿老宅门前的凉椅上，还能断断续续说几句。

俗话说，人之将死，其言也善。他的意思是，药不是他下的，但大伙儿都觉得是他干的。他已经在岩湾守了两天两夜了，终于听到鸡叫了，毕竟人老了，眼花了，鸡没捉到，小命也赔上了。他觉得自己死得太不是时候，大过年的，吹吹打打的，烦人，对不住乡亲们。

马死不离草，人死不离药。大伙儿也许冲着他的遗言，在他落气之前，把他送到了人民医院。

二毛用命寻回了李老头儿丢失的那只鸡。至于李老头儿想了什么法子去弥补另一只鸡，大家没问，他也没说。毕竟还在新年里，各自还有更要紧的事儿忙着。

二毛走后当天晚上，小伟从城里到了我家。他说也没什么要紧的事儿，就是来拜个年，给妹妹封个利是。当然，我们都清楚，这些并不是最重要的。从他不太高兴的脸上，我能感觉到，他草把场的房子还悬着。

他说他已经把初四回深圳的票退了,没跟厂里辞工,工钱能要回多少就要多少,我说我尽力。按厂规,这属于自动离职,没钱的。但厂里缺人手,我怎么说也在厂里干了十来年,我想老板多少会给我一点面子。

初三,全家人坐小全的车去小平故居逛了一天。上午,大伙儿还算开心。下午,二岳父说腰痛得要死,想早点回去。小全说要玩就玩一天嘛,难得出来。二岳父说,玩玩玩,要不要油钱?一说到钱,父子俩又吵开了。这几天忙于李老头儿的鸡事,我少跟他们父子接触,想必又是早上一小吵,晚上一大吵。吵多了,我听着也恼,就摸出手机给小姑打电话。

她说正在火车上,晚上九点多拢广安,到时城里的表兄开车去接她。

晚上回到家里,我跟岳父商量。我说,明天就回深圳了,我一大早去把小姑接来,吃个午饭。他说,那就多弄两桌,让大家都来送送你。

在表兄家见到了分别多年的小姑,我却分外平静。我知道,今天我出远门儿,不能太激动,不能随便哭。

小姑见了我,也没哭,还不停地笑。到了我家,我教女儿叫小姑婆,她却闪一边去,好像不认识。

裤裆湫是她的娘家,但那里早就没我的家人了。到了我家里,尽管大家都很热情地打着招呼,小姑却显得不太自在。她摸出手机给表妹夫打电话,问大姑出来多久了,什么时候到火山。

挂了电话,她眼睛红红的,把我叫到村口说,你大姑也真是的，要我几千里路赶回来，她却慢慢走路来！随便叫个后人开车送来不行吗？要是你爹妈还在，在裤裆湫，我们一家人团团圆圆地过年多好……她说不下去了，泪水终于流了出来。

我说，您别哭，今天我出门，高兴！

是该高兴，年一过，你又要当爸爸了，她说，你女人一个人在深圳过年，大着肚子不容易，我给她打个电话。

电话刚一接通，我女儿就来叫我们回去吃午饭了。

两张桌子挤得满满的，二岳父却没来，小全说还在床上生闷气。

火车不等人，饭后一支烟，就该上路了。女儿听说我真的要走，突然抱着我问，爸，明年能不能不去深圳了？

我不知如何回答。

上了小全的车，他问我，新的一年，能不能多写几篇小说？我说，年年都没少写小说，就是发表不了。如果有机会，还是写几个征文，说不定还能拿个奖什么的。

他突然从屁股下面抽出一张旧报纸说，加油站送的，上面还真有个征文启事。

初六早上我就回到了深圳，我写出的第一个作品就是小全提供的那个征文，征文的主题是：颂歌献小平，诗意赞广安。我诗作的题目是：《过年了，咱回家看看》。

2015 年初春

再见,固成

G栋615

　　文章标题在递交辞职信那天已拟好,起初,中间没有逗号。今天(2015年7月30日)打开电脑,我想把它续下去,觉得应该加上一个逗号。而固成,这个我生活了近十年的城中村,在我人生的历程中,似乎也该标上一个逗号了,或者,一个顿号。

　　今天深夜,确切地说是明天凌晨三点半,我将从这个房间(G栋615)出发,踏上返川的路。在这短短的一天之内,我无法完成这篇习作。它的结束,可能得带回老家,也可能留在我从川东归来。一些笨重的行李,将寄存于工业区宿舍楼G栋411亲友的宿舍里。锅瓢碗灶、油盐酱醋、衣被鞋袜、书床桌椅，以及正敲打着的这台古老而沧桑的台式电脑，都将被打包、封存，等待八月或九月甚至更久远的某个早上，我从故乡归来，带向未知的地方。

那是一个怎样的地方呢？那是将来的事情。此刻，我先说说曾经和现在——关于深圳，关于固戍，关于我和我妻子以及许许多多农民工的曾经和现在。

曾经，递交辞职信的那天晚上，我不仅拟了文章题目，还开了个小头。它是这样的：

我们的宿舍在顶楼。G栋615，是我搬来固戍新雄工业区的第三年秋天才入住的。那之前，我住男宿舍607，我妻子住女宿舍608。当时，615里面住着一对夫妻，男人是××表带厂的主管肥仔。肥仔离开新雄工业区后，我和妻子搬了进来，一住就是六年。这六年里，我住着主管的单间，却不是主管。因为2008年起工厂订单锐减，肥仔走后，老板自己打理厂子，我和另外三个车间组长分管着厂务。三个组长都有家口，人到中年，大概都被生活磨掉了斗志，守着本分过日子。后来，其中两个组长一个回了老家种菜，一个去了广州卖小吃。我也曾数次与妻子商量，要不要另谋出路？她不置可否。看得出来，她是不太情愿离开这个小厂子的……

今年年初开工不久，我向老板表明去意。他说，你跟了我八年,这厂子也快十年了,很多工厂开业不到半年就关门了。我香港有房深圳有房,你担心什么?目前手上已有不少订单,六月份一定给你和表现好的员工加薪……

他一边抽着万宝路,一边说着这一席话。我静静地听着。透过缭绕烟雾,我难以猜透他的年龄。我想,他跟我们一样,也一年比一年老了。前些年,他身板挺直,面色红润,白发稀稀落落,眼下已是银发苍苍,身子也发福了。据厂长刘小姐讲,老头子是真老了,血压高、血脂高,可能过不了多久业务就得全给女儿打理了。

我见过他女儿王小姐几次,那是个蛮干练的女孩,大嗓门,说话一套一套的,从学校出来后一直待在香港,前两年才来深圳在龙岗开设分厂。工厂的客户有减无增,被龙岗分去部分订单后,西乡老厂的状况日益恶化。厂长刘小姐曾私底下与我商量,要不要各自出点钱置点设备招点人手另起炉灶?我说钟表企业纷纷关门,我们做表带的还能折腾出啥名堂?如果哪天厂子倒闭了,我就去广州学做皮鞋,然后回老家开个皮鞋店。是人都得穿鞋子,它不像手表,可以用手机什么的代替。刘小姐笑笑说,我也只是说说,那就拖呗,大不了回家种菜,是人都得吃菜!

回家种菜这法子我也想过,还跟妻子正儿八经谈过。她说靠天吃饭风险大,不如卖菜。在固戍的这些年,我常跟菜贩打交道。我说卖菜挺辛苦的,大清早就得去农批市场拿货,日晒雨淋,从早到晚还得躲着城管。

关于未来的生计,类似的交谈不止一次两次。有时别人找我谈，有时我跟别人谈，但更多时候我独自躺在615宿舍里跟自己谈。有时头天晚上跟自己谈妥了，第二天坐车间里一发呆，我又把自己否定了。有时在车间里，跟自己谈僵了，回宿舍倒头一睡，我又跟自己妥协了。有时我们会吵起来，但更多时候，我又跟自己和解。这么多年来，这种内心的争斗，现实与理想的较量，往往把自己弄得遍体鳞伤。往往，旧伤口尚未愈合，新伤口又开始溃烂。无论旧伤还是新痛，也许，只有文字尚能令它们慢慢结疤。文学是把双刃剑，它扮演着柳叶刀与麻醉剂的双重角色。我曾经在一篇题为《宿舍，615》的散文开头这样写道：

  夏至刚过，房间如一口倒扣的大锅。头顶脚底各置一风扇，空气依旧热乎乎的。妻子来来回回折腾，自来水淋在身上，一遍又一遍。水珠瞬间蒸发，似乎传来滋滋的响声。耳鸣、失眠、头昏、眼花、胸闷、乏力……我们一丝不挂，在地板上无尽折腾，枯藤老枝，死缠烂打，做不出爱的滋味……柏油路上，烈日盖顶，褐色火焰无穷贪婪，吮吸着黑蚯蚓的最后一滴体液，此刻，暴雨的冲刷和卡车的碾压同等重要……突然，楼下传来沙沙的响声，那个瘸腿的四川老头儿开始打扫街道了。天已微明，倘在往日，我该起床了。一件旧得发白的蓝背心，一条脚边发毛的棉短裤，一双山寨老北京布鞋，一只小弟从网上购来的腕式血压计……头天夜里，妻子为我备好的这些行头，正静静地待在门角。我盯了一眼门角，微光已透过窗口，它们也静静地盯着地板上的我们……这一整夜，我都迷迷糊糊。铁仔山不用去了，我得蓄点力气去石街菜市场。这些年来，一些杂物早已塞满房间，我们无法挪出一个冰箱的位置，一日三餐都得大清早现购……

旧时光

有年春节返乡，在车上遇一老乡，交谈中说起宝安，我问他在宝安哪里？他说西乡。我说我也在西乡，他问西乡哪里？我说固戍，他说他老婆也在固戍，那里旅馆便宜，每个周末都去过夜。第一次去是夜里十二点，进村的小巴没了，他老婆叫他在固戍路口下车走五分钟就到了，结果，他走了十五分钟。原来，固戍有两个路口，西边的在宝安大道，东边的在107国道，固戍一路横贯其中。他老婆的厂离东边的路口（固戍大门）近些，他却从西边的路口（联昇购物广场）进去了。

我们第一次来固戍倒挺顺利的。那是一个大热天，妻子有了身孕提前下班被扣了三十元勤工奖，一咬牙就出了厂。那年头，出厂容易进厂难，我们只好来固戍投靠老乡肥仔。头两年在下围园，亲友来玩耍，我就说，在固戍大门下车，打个摩托五块钱就到下围园菜市场，我来接你。宝安大道通车后，厂子搬到了上围园，离107国道更近。老乡来了，我就说，你走107国道，固戍大门下，进门，沿着固戍一路走，十分钟就到了，我在新雄工业区门口等。我住在工业区里，留客过夜得申请，极麻烦。他们都知趣，吃了午饭就回去。走时，我也不必远送，在工业区门口朝东一指，叮嘱道：原路回去，到了107国道，去哪里都有车。

通过固戍大门找我特方便，我却极少走出那个门。刚到固戍头两年，每月工资发下来，我填好汇款单交由妻子去邮局寄回家了事。偶尔，她会约上三五工友，走出固戍大门，沿着107国道去西乡街买衣服。那里的衣服款式多，相对便宜。偶尔买回不合身，她们又连夜赶去换了，来回步行两小时，一点也不觉得累。

当然，我不出固戍大门并不意味着不出工业区大门。近几年，血压突然就偏高了，做医生的小弟建议我晨练，我就有了爬山的习惯。出了工业区大门，左拐五六百米，行至新日高百货，再左拐，穿过福荣路，便到了铁仔山脚下。铁仔山横在107国道跟宝安大道之间，延绵数公里，常年青青绿绿。我的工位正好临窗，每天，上班铃一响，我就趴在工位上，深深地望一眼窗外。工作累了，一抬头，我就能看见花草树木，不时还有鸟儿在林间穿梭。若雨后天晴，花蝴蝶、红蜻蜓总在眼前飞来绕去。偶尔一阵清风，大伙还能嗅到花草的芬芳。

从山上下来，再去石街买菜，倒也能省些路程。刚搬到上围园时，厂里发了饭卡，吃个满月一百二十元，厂里补六十元，不贵，大伙儿都去饭堂就餐。金融危机后，厂里效益越来越差，老板娘把补贴取消了。其他厂子跟着效仿，一些人便相继离开，饭堂的生意越来越差，饭菜越来越不像样。于是，就有三三两两的工友买回电饭煲偷偷煮点稀饭，就着咸菜、泡面度日。慢慢地，电饭煲换成了电磁炉或煤气罐，工友们便像模像样过起了小日子。

相对于超市而言，石街市场的东西便宜点，但路程也远。

我第一次去石街，是妻子肠胃炎复发的第二天。为了给她煮碗新鲜的猪杂河粉，我起了个大早。路边，早餐店的伙计打着哈欠，有的生炉子烧水弄肠粉，有的上蒸笼蒸点心，有的才刚刚起床出门看天气，有的已把煮好的一大锅冒着热气的稀饭摆在了餐桌上。而来来往往的行人，大都步履匆匆。从他们的衣着你能看出来，都是些住在别处而急于赶去上班的"老乡"。

有时，去石街的路上，我们还会碰到不少闲散人员。三三两两的古惑仔身子歪在椅子上，有的叼支香烟见了靓丽女子就把脖子伸得老长，有的打了通宵麻将红着双眼东盯西瞄看上去挺吓人，有的可能中了六合彩或者打麻将发了点小财，又或者在哪里摆平了事情，围在砂锅店、烧烤摊前划拳喝酒骂声如雷，全然不知天已大亮。而餐桌下，一只小猫或两只小狗正收拾着猪骨、狗骨及鱼渣，心满意足的样子。

慢慢地，我就养成了去石街买菜的习惯。去的次数多了，你会发现，只要每天准时出发，总会在同一地点看到同一个人，基本穿同一款式的衣服，做同一种事情。只要条件允许，习惯是很容易养成的，猫狗也不例外。洪记猪脚饭门前，是只老灰猫；化州鸡煲饭门前，是只小白猫；佳乐客家菜馆门前，是条花白长毛狗；潮汕牛肉店门前，总有一条生了癣的癫皮狗……而快到菜市场的废品店门前，一位扎了头巾的中年妇女正挤着第三瓶羊奶，奶羊的嘴里总叼着一条新鲜的玉米棒子……在这里，我们和它们，就像表盘上的指针，阳光移至哪里，就行至哪里。只是，有的是时针，有的是分针，而更多的我或它，却是秒针。一生的长短，不代表你在表盘上绕了多少圈子。而沙边，就是我人生表盘上离海最近的一个小点点。

在下围园待了两年，去沙边却仅有一次。

第一次看到海却不在沙边，在大鹏。那年夏天，我住龙华，女友住淡水。淡水离大鹏近，我们约好去海边玩。那是初秋的一个中午，阳光明媚，海风徐徐，她却突然提出跟我分手。她说，就这么算了吧，我父亲不喜欢四川，他嫌那里山路远。说完，她就那么离开深圳回到了父亲身边。

把她送上车后，我回海边坐了一阵子。海浪时高时低，海风时急时缓。帆影消失在夕辉里，夕阳消失在大海里。多年的漂泊让我明白，爱情也好，人生也罢，有些东西，如这帆影夕阳，哪里来，哪里去。帆影远去，还会回来，夕阳入海，还会升起。而生命只有一次，我这不足五尺之躯，何以丈量大海的深度？

后来，我不但找到了新恋人，还结婚成了家，婚后妻子也来了深圳。那些年，她总嚷着要我带她去海边看看。我说，海边有什么好看的？不外乎水，不外乎船，不外乎夕阳倦鸟，不外乎鱼游虾跳……

有年春节我们没有回家过年，妻子说这里离海这么近，再不去玩玩恐怕没机会了。我只好陪她去沙边看看。去了才知道，沙边的海跟大鹏的海确实不同，没有沙滩，乱石和红树倒不少。妻子略显失望。我坐在乱石上，看着前方，依然远帆点点夕阳西斜，依然海风徐徐银浪滔滔……妻子坐不住了，硬拉着我脱掉鞋袜，要去水里看红树的根须。

我望着妻子说，请先听我讲个故事。

这故事我给她讲过好几回了。

她扭过身子，背对着我。

之后，我们就再也没去沙边看海了，宝安大道倒是常去。

联昇购物广场就在宝安大道跟固戍一路的交汇处。那时的固戍，别说公园，连个坐坐的亭子都没有。宝安大道尚在建设中，四周灰飞尘漫，周日不加班的晚上，我们只好去购物广场瞎逛。一瓶纯净水，二两瓜子，一只热狗或一个鸡爪，小两口就可以在座椅上打发一个晚上。而广场的座椅有限，为了争得一个位置，我们早早就去了。第二年，路通了，绿化带上的植物却没那么快长好，我们便去人行道上走走。

待绿化带上的草儿鲜活过来，路两旁就热闹了。一男一女，双手紧扣席地而坐有说有笑或争争吵吵的多半是夫妻，四目凝视相依相偎手脚不安分的多半是恋人。我和妻子却不大爱去草坪或树下坐，我们只想走走。我们在车间里白天坐晚上坐，早已把屁股坐出了老茧。这里平直开阔，有花有草，有蓝天白云，也有细雨迷蒙。这里人多而不嘈杂，少有小商贩的吆喝，也无小吃摊的油烟，更没有小广告的纠缠，甚至连小混混的敲诈勒索都不曾见过。后来，工厂搬至上围园，离宝安大道有段路程，我们就很少去了……

时光如水。写到这里，我突然想起了戴斌老兄的一部小说——《我们如水的日子》。初读这部小说时，我尚在龙华。转眼快十年有余，小说的情节早已模糊，生活的滋味却愈发浓郁。再过六个时辰，我将离开固戍，仿佛自己多年以后又回到老友的小说中去了。这些年里，在固戍这间工厂宿舍里，在这个二〇〇八年用征文奖金从福永托老友M买回来的台式显示器前，在尽可能的闲暇中，我没少写小说。一些小说发表了，少许文章得奖了，但更多的作品依然躺在信箱里，或者，还藏匿于内心深处。

工厂即将迁往别处，这固戍，是一定得离开了。它说不上好，也说不上坏，却如此地值得回味。尽管，我早已厌倦了这二十余年的工厂生活。

决　定

跟往常一样，二〇一五年七月二日早上打完上班卡，我去厕所抽烟。带着烟气回到车间，厂长刘小姐朝我招了招手。来到办公室，她让我坐下，说等会儿开个小会，会议虽小，但事关重大，涉及工厂的前途和我们的命运。

听到"命运"二字，我心里一怔。在此之前已有传闻，我们最大的客户，中山宏时钟表企业关门了，受牵连的供应商多达两百余家,欠款高达数亿元。当时我就觉得,我们离开固成的日子不远了。要么就地解散员工转让生产线,要么迁往龙岗东山再起。

会上,刘厂长首先向我们证实了这个传言,接着她说,表厂的老板是意大利人,现在活不见人死不见尸,一百五十多万货款无法追回,订单亦将缩减七成。西乡的厂子难以为继,将迁往龙岗跟二厂合并,具体事宜稍后王小姐会跟大家交代。

参加会议的除了我,还有几位老员工和技术骨干。我没有看他们的表情,我紧紧地盯着刘厂长,她把头扭向窗外,我的目光也移向窗外。盛夏时节,铁仔山上树木葱翠,蝉鸣依旧。朝阳斜进来,淌在她脸上,泪滴儿滑向不太光洁的胭脂上。我蓦然发觉,八年前那个短发女生跟我一样,每一页日历,每一个微笑,每一滴泪水,都鲜活地写在脸上。虽然我无数次梦想着离开这个厂子,可事情一旦降临,心里还是不由得一怔。

短暂沉默之后,胶水部的阿红问,如果不去龙岗呢?

刘厂长回答道,工资一分不少,但无任何补偿,因为属市内搬迁,符合《中华人民共和国劳动法》。

如果去,工资有没得加?先前说好六月份加工资的。我说。

当然,我更关心这个,因为不仅仅王老板承诺过我,我也承诺过本部门的另两位表现优异的员工。

这个得等王小姐过来解释,刘厂长说,王生说了,以后,所有事务王小姐全权负责,他身体出了状况。大家先回工作岗位,下午王小姐过西乡,会给个说法的。

回到车间,我把情况给妻子说了。她就一句话,这半年累死累活的,不能白干,加工资就去,不加拉倒!

其实我的真实想法是,加不加工资都不去。每月加一百两百,现在这物价,真起不了作用。这些年我一直想离开工厂,期望干点跟文字沾边儿的活儿,却总找不到合适的去处和说得过去的理由。王生年岁已高,就算厂子不出状况,搬往龙岗也是迟早的事。那里房租相对便宜,生活成本稍低,两厂合于一处,也便于管理。妻子的真实想法也非她所言。她觉得加不加工资都应该去,去哪里不是打工?去哪里不是踩电车?去哪里会不劳而获?

中午回到宿舍,我挨个去问其他工友,去还是不去?

我首先敲响了阿红的房间。这房间跟我的615一般大小,里面却住着一家四口。她男人视力不好,先前在老家养鸡,后来进我们厂干过几天,老出差错,回家没几天又出来了,最后实在找不到工作,便买了辆二手电动车拉客。阿红身子也有毛病,说是颈椎病。我常常看见她男人用电动单车载着她去石街找那个河南老头儿针灸,脖子上的火罐印子一年到头都清晰可见。男人选择晚上拉客,一是怕白天碰到交警城管什么的,二是还得买菜做饭照顾妻室儿女的饮食起居。儿子今年刚满十八,三年前初中没毕业就和妹妹跟着母亲进了我们厂。妹妹今年十五还是十六我不太清楚,但发育好,爱网聊,成天到晚抱着手机不大理人,人家理她她又不乐意,一年到头跟我说不上五句话。作为车间管理人员，说她几句本是分内之事，可说得多了总讨人嫌。所以，平时，我跟他们话都不太多。这一次，我却找上门去了。

她男人有打鼾的毛病，怕影响家人休息，跑了一个通宵也没在屋子里歇息。他搬了一张破木椅靠着楼梯扶手打盹儿，见我敲门也不应声。

阿红开了门。我没进屋子。我靠在门沿上问她，去还是不去？

她说，没想好，到时再说呗。听说龙岗那边不准电单车载客。我们是无所谓，就怕他去了，一个大男人不可能只替我们煮煮饭吧！

想想也是。我笑笑，转身去敲隔壁房门。

隔壁612，住着一对堂姐妹。她们房间的另一侧住着三个小弟。谁是谁的亲弟我不太明白，据说都来自粤西。其中一个小妹长得挺水灵的，进厂之后跟我学电脑针车，最先是我妻子叫她小徒弟，后来大家觉得顺口，都这么叫，倒把真名给忘了。小徒弟的堂姐皮肤稍黑，大伙儿都叫她黑妹。黑妹手脚麻利，脑子灵光，见样学样，去年中秋才进厂。车间里有两台电脑针车，我原本打算让黑妹也学个技术，将来去了别的厂子多少有点用场。可四月份之后，中山那家表厂订单锐减，黑妹的车位大都闲着，王生承诺六月份加薪之事便跟着悬了起来。王生虽不是一个特别大方的人，但这些年里，他承诺过的事情从未食言，我便以此安慰黑妹。如今厂况突变，加薪无望，大环境又这个样子，她和她的四个老乡有何打算？我应该去问问。

门一开，倒是小徒弟先问了我。

你老婆说不去龙岗，真的吗？那我们也不去了。

我说去，不去难道还留在固戍？你看工业区门口有几张"招工广告"？全是"厂房招租""旺铺转让"！

你们去我们就去。黑妹终于开了口。

回到宿舍，我把情况跟妻子说了。

这回，你做主，妻子一脸严肃地说。

其实我早已打定主意，但我不想这么快让工友们知道。原因很简单，如果我出了这间厂，实在没去处，至少还可以去东莞肥仔那里。可那五姐弟呢？两个女孩子也许能找到活计，那三个未成年小弟，要找份工作确实不易。

肥仔几乎每天都给我打电话，说他们厂的货单总是源源不断，现在不缺普工，就缺一个合适的车工管理。他心目中合适的标准是：吃苦耐劳，技术过关，为人谦和，老实忠厚。我说我不完全具备这些条件。

可他偏偏就惦念着我。

等　待

去意已决。但我仍想找个机会跟王生谈谈，毕竟跟了他这么多年。这些年里，我们的生活看似平淡，厂子却由盛转衰，大起大落。我们夫妻俩能一直在这里待着，且每月有相对稳定的收入寄回家去，跟王生也不曾有过多大的不快，实在难得。眼下厂子岌岌可危，人心涣散，我若从中"作梗"，他会不会觉得不近情义？就算离去，也要走得明明白白坦坦荡荡。

七月四日上午，刘厂长又给我们开了个小会，说是十天后大家得做出决定，执意不去龙岗的，于月底前交辞工书，厂子将于八月底搬迁。可当天下午，王小姐从龙岗来到西乡给工友们出完粮，突然摸出一张纸让愿去龙岗的员工签名。因为情况有变，厂房已被别的工厂主租下了，厂子须于7月底搬离。当时我正在车间忙着出板，工资由我妻子代领。她拿不定主意，却又没出来跟我商量。工友们拿完工资签好名下班后，我仍在车间忙活。刘厂长急匆匆出来问我，你们究竟去不去龙岗？我想想说，既然没签名，那就不去了。

第二天上午，久未在车间露面的王生从香港过来，把我叫进办公室，问我是不是该把名签了？

我想了想说，踩电车快二十年了，我也四十出头了，还是干点别的吧。

他说，现在各行各业都这状况，你要想清楚。虽然我一百多万货款跑路了，但也不是什么过不去的坎儿，以我在钟表界的人脉，再撑个三五年不是问题。

我说，他们都签名了，我去不去对工厂影响不大。

他说，那你想去哪里？就算进了别的厂，说不定没几天就关门了。你再好好想想。

那我再想想，我说。

出了办公室，我没多想。事情已经到了这份儿上，就算去了意思也不大，倒不如离开。于是我摸出电话，先打给在广州做皮鞋的老乡老唐。他说，按往年的经验，你来踩电车，如果有货，每月七八千上万都不是问题，问题是现在缺货。我说挣多挣少没关系，就想学点技术回家开鞋店，他说到时过来看看呗。

我知道，去广州，那只是比回老家稍好一点的选择。在深圳生活了这么多年，彼此磨合得差不多了，怎忍就此离去？以何种理由在这座城市继续安心、体面地待下去？也许，只有写作。就制造业而言，我想广州比深圳好不了多少。眼下，全国各地甚至全世界都在经历着一种持久而又极为隐形的经济衰退。它不似亚洲金融危机那般来势汹汹，亦非全球经济危机那样死气沉沉。它暗潮涌动，犹如身体里的恶性肿瘤，说不定哪天就突然裂变了。可偏偏这时，我们老了。这种老不是年轮上的圈数，而是生理上的预期，或者说隐患，一种抗击生活风险的能力。曾经我也想过，如果哪天回到了老家，倘若那半亩薄田还在，至少可以刀耕火耨。但如今的乡下，特别是那个叫火山庙的小村子，已被跨河而来的广安城建所包围。用老村长的话讲，"这是一场城市包围农村的革命"。

打完广州的电话，我又给因文学而识的老友M打电话。我说厂子将搬去龙岗，我想就在宝安找个工作，轻松点的，最好能跟文字扯上关系。他说得看看，这事儿谁也不敢保证，你得有心理准备，未必真能如愿。

挂了电话，虽然心里并不踏实，但我还是在一张废旧的生产单背面写上了"辞工书"三个字。落款时,我把妻子的名字也签上了,就像平常她去办公室领工资顺手把我的名字签上一样。这么多年来,绝大部分时间里,我都没亲自领过工资,甚至有时连看它们一眼都来不及。每月,王太都把我们夫妻俩的工资装一个袋子里。妻子拿了钱,清点完毕,便赶紧去邮局。前些年,邮局尚在固戍大门侧边,怕去晚了候不着,她宁愿不惜血本花上五元打个摩的赶去。因为一旦候不着,第二天老早就得去排队,从邮局门口一直排到固戍牌坊下,满坝子的人。冬天或雨天站两三个小时无所谓,若是个晴热的夏天,107国道的滚滚车流以及邮局旁边混凝土加工厂进进出出的泥头车,整得满天灰飞尘漫,苦不堪言。当然,能吃到这个苦,从某种角度看算是幸运的。那时宿舍不曾装有监控,常有小偷光临。如果哪次未能在领取工资的当天下午把钱汇回老家,妻子就彻夜睡不安生,尽管连我都不知道她把钱藏于何处。当然,无论是发放工资的当天,还是第二天,从邮局返回时,妻子都特别开心。她先在路边的士多店买两只雪条或一瓶可乐,然后拐去南太集团旁边的文明夜市,在凉菜摊子前站站,选来选去十有八九都是那半张卤猪脸。不过,从联昇二分店出来时,她准会提回两瓶老金威啤酒逗我乐乐。后来,南太集团搬走了,华洋工业区也变成了固戍华庭。如今,固戍邮局变成了中国邮政储蓄银行固戍支行,其办公地点也由固戍大门迁到了固戍华庭,我们也无须排队填单,无须在不安中等待岳父收到汇款后跑去镇上给我们打电话。当然,更为实惠的是,每月会省下一笔汇费。起初，岳父不太乐意我们帮他开活期账户。我以为他是对银行卡不放心，后来妻子半开玩笑告诉我，父亲在家太无聊，每月就想数数钱。

岳父没去邮局门前数钱的日子有两三年了，我想，他应该习惯了，毕竟时代在变，生活方式也得变。活着时得变，离开这个世界时也得变。举个简单的例子，我们小时候，谁家老了人，都得请乡下的妇女来唱孝歌。现在呢？却兴请城里的乐队来跳舞。任何改变当初都会不适应，就像我们这次，辞工书一交，妻子怕是也得好长一段时间后才能去邮局了。

这是我第一次帮自己写辞工书。我曾多次预想过辞工离开时的情景，却终未动笔写下那三个字，当然，替工友们写辞工书倒是常有的事儿。那些上了年纪的阿姨、小学没毕业的弟妹、念过初中却把名字写得缺笔少画的老乡，一旦想离开固戍或者必须离开这个厂子时，都会叫我代笔，然后签上歪歪斜斜的名字：张三或者李四……

至今我已想不起在那张废旧的生产单上具体还写了些什么。后来文友Z介绍我去某医院应聘公文写作时，我才懂得，"辞工书"跟简历一样，其实也是公文之一种。

那次应聘，说来话长。

Z说那是一家大型私营医疗机构，他在里面做过内刊总编，后来去了别的单位。Z说事前已跟相关负责人打过招呼，并留下了那人的联络方式，叫我赶紧去个电话。那正好是我递交辞工书后的第三天，那三天里，我心神不宁，却又不得不强作镇定。幸好，其间尚有一事令我稍感欣慰。我告诉妻子，我已光荣加入深圳作协，并获邀参加定于八月二日去广东汕尾的采风活动。妻子一听特兴奋，她说工作没了可以再找，你写了这么多年，这活动一定得参加：一是散散心，二来嘛，说不定去了还能碰上贵人介绍个工作。这些年里，除了春节回家过年姑且算作旅行外，去别的地方正儿八经玩几天还真没有过。她接着说，难得出去一次，装备一下，别太土气，鞋袜衣服两套，全新，好换洗。要是我们不出厂，花半个月工资整个笔记本洋一洋也是必须的。妻子说到这里突然转过身去，我不知道当时她为何就转过了身去，又有着怎样的表情。我淡淡地说，老了，洋气啥？八月二号还早着呢，说不准明天就找到工作了。

我在厕所里偷偷接完Z的电话，赶紧去车间把这个消息跟妻子说了。我说，要是明天人家叫我去医院上班，辞工期没到拿工资会不会麻烦？她说若真那样，工资我帮你领。到时，万一姓王的不仁，我们也不义，大不了找劳动局咯！都快十年了，一没签合同，二没买保险，你就像颗定时炸弹，人家巴不得你立马滚蛋呢！

我清楚妻子的性格，如果不是特别恼火，她是不会去劳动局的。这些年来，一些大道理我们明白，一些底线也能坚守，一些原则还会讲究，但更多时候，我们只能磨合、体谅。桥能过路能过，山不转路转。不是每个人每件事都能仁至义尽，当然也不必事事你死我活。如果条条款款按《中华人民共和国劳动法》套，老厂新厂四十来号人，都这么套，论赔偿肯定会超过那笔被跑路的货款，这对于一个账面上债台高筑的小型来料加工厂而言，其后果恐怕不仅仅是那些打工小说中所描绘的那么简单。想到这里，我的眼前不时飘过自己或别人小说中的诸多情节与场景。它们是那么相似却又如此不同，它们是那么沉重却又如此飘浮。而我选择离开工厂最有说服力的理由居然是找一个松活点的工作，然后，好好写小说。写小说真有那么重要吗？我真不知道。但我知道，这个理由于我无所谓对错，其产生的结果亦无所谓得失，它的出发点更无所谓高尚或低下。每一个人都有选择如何活着的权利，却有不同活下去的理由。这个理由，对于我个人，在某个时期，它却无比的急切与重要，但对于整个家庭，它又这么的苍白与无力！

Z曾安慰我，命运为你关闭了一扇门，必将替你打开一扇窗。他的这个来电，那个即将前往的面试，会是那扇窗吗？

应聘时间约在第二天上午十点半。头天夜里，我草拟了一份简历。我的简历非常简单，我如实写道：

> 段作文，男，汉族，四川广安人，1992年高中毕业后，去了福建石狮，在山上搬了一年石头，后回老家，种地。1994年在广州工地上打小工，第二年秋来到深圳龙岗龙东，风餐露宿一月后，进了富城皮具表带有限公司，后转厂至宝安观澜，进的还是表带厂。1995年底，厂子迁至龙华，两年后，又迁往潮州。1998年8月，从潮州辗转至惠州，后又

回归龙华，干的都是表带行业。因业余爱好写作，且有作品发表，经朋友介绍，2005年前后，在《西江月》《大鹏湾》等杂志社任采编，后因杂志社发展遇阻，重返工厂。2006年初至西乡固戍下围园XX表带厂，后因工厂发展壮大，迁至上围园。二十余年来，在工厂里干过多种职位，在刊物上发表过多篇作品并获得过多次嘉奖，发表及获奖作品篇目如下……

以前找工作从未写过简历，都是熟人介绍，顶多填个报名表什么的，这第一次写简历，还真把我难住了。不懂格式，不知行文规则，我上网查了查，既有现成的模板，又有各类独创。当时我对简历理解为：简单真实，人生的一笔流水账。

接见我的是院部负责宣传工作的同志。一进入医院，曾经那些就医经历便在脑子里一一浮现，尽管它们屈指可数（自己肾结石两次，十二指肠溃疡被做胃镜一次；妻子孕期体检三次，其间人流两次；去年五个月大的小女儿来深圳后胸部感染化脓一次）。二十多年来，因为没有医保，我们几乎不去医院，病得实在撑不住了，就去西乡人民医院看看。更多时候，这里痛那里痒的，自己找个药店子，状况轻微的，照店员说的随便配点药片子，稍重的，或者店员建议去医院的，就打电话回老家问问村里的老中医。后来老中医去世了，我小弟大学毕业后在县城做了医生，我就打电话问他。他实在拿不定主意，那就非去医院不可了。

那些年我们每次去医院都非常揪心。这次也不例外，虽然目的不同。这是我职业生涯中第一次投递简历面对主考人员，而且是一份心仪已久的跟文字沾边儿的文案工作，能不揪心吗？去之前，朋友Z提醒我，私立医院虽然不是国家单位，但也绝不同于工厂车间。工厂招人要的是吃苦耐劳、诚实可靠、衣着简朴、行为得体。医院作为公共场所，你面对的除了公众，还有领导及同事。一旦入职，一是业务要过硬，二是形象要佳。所以，面试非常重要，一是衣着得体，衬衣扎进皮带里，皮鞋锃亮，看起来像个白领；二是尽量保持正常体态，努力把你这些年弓腰勾背踩电车形成的体型最大直立化；三是整个好发型，别平头，那太死板，要平碎，看起来有精神。

遵其吩咐，我把自己的形象尽量理想化。临行前，妻子从车间出来，用剪线的小剪刀替我剪去两边长长的刺眉，笑笑说，这还差不多，年轻不少！说完，她又用我的手机拍了个全身照发给Z。Z却说，只能这样了！

主事的似乎对我的形象并不感兴趣。等我简单讲明来意，他笑笑说，哦，你就是老周常常谈起的老段？我点点头。他一看简历，却摇摇头。他说，你很勤奋，这一点值得肯定，但是，你的简历太不专业了！最好重新写一下。因为这样的职务，除了要我点头，还得经过人事部，最后可能还要副院长签字。作为一家大型连锁医疗机构，怎么可能聘请一个整天在车间里埋头苦干的电车工呢？希望你好好把握住机会。

从医院出来，我给Z如实汇报了情况。他说简历也是一种文案，你连这个都写得不三不四，怎么替医院策划广告？怎么帮人家创造效益？晚上，你按我的意思重新弄一份。

晚上，我按他的意思重新弄了一份，弄得我妻子都不认识我了。后来我就想，如果那份简历句句属实，我又何苦在一个多月后仍然躲在沙井新桥大庙村的一间农民房里吃力地敲着这些一辈子都难以变现的文字呢？但对于那份工作的期许却让我在七月最后的日子里无比煎熬。工厂即将搬迁，车间里异常嘈杂，我时不时摸出手机看看有没有未接来电。我知道，这种等待几近徒劳，但我依旧等待着对方的消息（虽然至今医院那边仍无消息）。

辞工期日渐临近，新工作毫无进展。离开固戍，何去何从？我在QQ上留言。我明白，这不仅仅是我一个人在追问！在中国，如此追问的是一个极其庞大的群体。难道，我也会像在鞋厂干了二十几年的知名打工诗人唐以洪所写的那样"一步步退着回到故乡"吗？

然而，一个噩耗，一巴掌就把我拍回了故乡。

奔　丧

如果不是因为大姑母突然去世，也许，文章写到这里就可以结束了。但生活在继续，加之一个人待在几近陌生的沙井无所事事，那就不妨接着写下去。

妻子于八月二十日跟我一道从固戍搬到了沙井，但是，三天后，却被我送去了肥仔所在的美时表带厂。

八月二十四日早上六点二十分，妻子在东莞暂时安顿后，把我送到了凤岗南岸村站台上。回到宝安沙井重新打开电脑续写这篇文章时已近中午，我没去市场买菜。这里的房租略低于固戍，果蔬价格却高得离谱，这可能跟近期猪肉价格大涨有关。不巧的是，（曾）楚桥在我搬来的当天就回老家了，他说他知道哪里菜便宜，等他回来带我去。我目前所在的村子叫大庙新村，租屋前有棵大榕树。楚桥说他也住在大树边，但不是这棵树，那里有两棵，是古树，就在大庙边。这让我想起了他的小说《榕树上的怪鸟》和代表作《幸福咒》。这么说来，这大庙村，就是他系列小说中的"风流底"了？这里看起来跟固戍很是不同，市声却又如此地神似。

　　关于这个村子以及妻子为何突然决定去东莞，稍后细说，我先说说大姑母的去世以及我的故乡火山庙村（本来后者才是接下来叙述的重点，但我在处理小标题时还是用了"奔丧"二字）。

　　七月十八日凌晨四点，我被小弟从老家打来的电话惊醒，我的第一反应就是大姑母出事了。大姑母二十多年前被查出高血压，且常年在外拾荒，从不按时服药。她对高血压的理解是：用药后头不昏病就好了，哪天头昏了才"想起"吃药。她对于这一病症的误解源自多年来养成的过于节俭的"老毛病"，最终酿成如此后果。多年来的奔波劳碌和对生活的过分担忧，也造成了我血压偏高的状况。但我基本上能做到按时服药，以至于情况未曾发展到如此难以挽回的局面。我的药片子就摆在眼前的桌面上，这是一张我们刚来沙井新桥时购回的二手电脑桌，便宜。店主说三十元包送，二十五元自己扛，我和妻子选择了后者。它不但破旧，而且非常笨重。选桌子前，妻子问要不要带把椅子回去？你成天坐在木凳上打字挺累，难受时可以靠靠。

我说，工作尚未落实，什么把戏准备齐了，万一又搬怎么办？这把从车间带回宿舍又从宿舍带来沙井的工作凳可以将就，网线暂时不拉也行，能把电脑弄好写写东西就不错了。搬来沙井后，几乎每天凌晨四点刚过我就醒了。八月二十二日清晨，妻子跟我一道起床，洗漱完毕，各自吃点从老家带来准备在火车上当餐的饼干后，又说了一阵儿话，天就亮了。天亮就出发，目的地东莞凤岗，一个叫南岸村的地方。出发前，妻子一再叮嘱，降压药就摆在电脑桌上，当眼，记得每天准时服用。

这种名为马来酸依那普利片的西药片子并不贵，八块五可以服用二十天，无论价钱或功效，都适合我，用流行的话说，性价比挺高的。据小弟讲，平常，大姑母服用的根本就不是真正意义上的降压药，那种两三元一瓶的利福平，一天摊下来不足两毛钱，仅相当于两个可乐罐子或一斤旧报纸，她却常常"忘记了"。记忆中大姑母以捡垃圾为乐已有好些年了。她说这个好，不出本钱尽出汗，锻炼身体。其实她完全没必要如此勤俭，四个子女早已成家立业。我的三个表兄都经营着自己的公司或店铺，在广安城里过着相当安稳的生活。

接到大姑母离世的消息后，我和妻子陷入了两难境地。

打我记事起，大姑母对娘家就特别照顾，一两米、二两面，尽量省下来接济我们。后来我母亲、父亲相继去世，她跟我们一道把刚上高中的小弟供至大学毕业。挂掉小弟的电话，我在ＱＱ上留言：大姑恩重如母，一路走好！

据大表兄讲，那天早晨，出门前，大姑母还担着粪水浇过南瓜、红苕，还吃了一个头天晚上从城里带回老家的馒头。关于她离开时的一些细节，我不忍在此过多描述。窗外，天已大亮。独自躺在租屋里，一整晚我睡得都不踏实，眼前一片迷茫。当行文至此，那趟老家之行却又不得不让我回望。尽管那是一趟伤心之旅，一趟让我极力回避的沉重之旅。

工厂即将搬迁，工也辞了，离厂的日子越来越近，回家见大姑母最后一面又是当务之急，如何选择？我问妻子。妻子说你看着办，怎么都行。当日中午，得知大姑母的葬期定于八月四日，我才稍稍缓过神来。

返川的火车票定于七月三十一日九点五十二分。广州发车。我们必须于凌晨四点在固戍坐大巴前往，以免误了行程。七月三十日下午结清工资后，王生说朋友一场，好聚好散，吃个饭。

饭局定在Ｇ栋二楼佳乐客家菜馆。厨师和服务员换了一拨又一拨，但酒楼的名号还在。近些年，厂子不景气，除了年头的春茗（开工饭）和岁末的尾牙（团年饭），我们从未在此聚过餐。饭后，工友们还得返回车间打包货物，因为搬运公司的卡车第二天八点就会到场，限时两天内清理完毕。而新租客前天就进场装修了，他们的厂子当然不会是皮革类加工企业，更无须类似于我们这样的员工。妻子上楼收拾行李时，我说想再去车间看看，哪天回到固成时，那里的一切将不复存在了。

到了楼梯口，我却止住了步子。我朝C栋四楼望了一眼，那里灯火依旧。不同的是，往日是机器的轰鸣声，而此时，传出的全是工友们挪动设备的嘈杂声。我以为这将是我对这个地方最后的回望，可刚回到宿舍，刘厂长就打来电话。她说有款样板晚上要寄走，急需车线，小徒弟搞不定，麻烦你赶紧上来一趟。

妻子不乐意，她说工资都结了，凭什么？今天晚上你还要不要睡觉？那个家你还回不回？

我说，两人两月的工资是一万五千六百八十六元，人家给了一万五千七百元，多出十四元，还吃了一顿，我上去看看就下来。

从车间回到宿舍，已是夜里十一点半。妻子问我跟老头子聊些啥聊这么久？我说啥也没聊，就抽烟。她说真的？我说真的。她说王生没问你将来怎么打算？我说问过了，他叫我有事打他电话。

怕是他有事打你电话哟！妻子说。

其实，谁给谁打电话已不重要，但愿，谁也别打谁的电话。

我躺在地板上，辗转难眠。七月将尽，这些年，这间屋子，G栋615，给我最深的印象就是热。而这最后一个夜晚，又特别热，以至于大半夜都不曾合眼。

再见，固戍。

二〇一五年七月三十一日凌晨三点四十五分，跨出新雄工业区大门时，我默默念道。

第二天中午，火车终于抵达广安北站。因第二天是小女儿周岁生日，直到第三天下午，我们才去见大姑母最后一眼。当然，这也是老家的习俗。至亲之人离世，娘家人须于出殡的头天下午请上戏班子前往奠祭。

出于礼节，表兄们纷纷给来宾们下跪。我走在队伍最后，眼前浮现出大姑母生前的样子，竟忘了本该回应主人的礼数。大门口挂着大姑母六十大寿时的照片，看上去非常年轻：圆脸，短发，微微笑着。刚到灵前，我没下跪，没上香，就倚在门沿上，泪如泉涌。披麻戴孝行大礼时，我跪在队伍的后排。三伏天，下午，晒场滚烫，男男女女短裤短裙，尘沙穿透骨肉，直刺人心。出于人性化，按照司仪的要求，每人膝下都垫了火纸。我却把火纸抽出来，置于供桌上。这些年，长年在外，涌泉之恩，滴水未报，老人家就这么说走就走了，我只想在她灵前端端正正多跪一会儿，认认真真多哭一阵子。但新式的由乐队主持的大礼非常简短，不足两个小时。那近两个小时里，在哭灵人的感召下，在哭丧歌的渲染下，在或多或少或浓或淡的悲戚中，所有人都在流泪。

礼毕。

入席。

席后，我们请去的戏班子在灵前吹吹打打唱板凳戏，非常传统。表兄们请来的乐队在舞台上表演现代歌舞，演员们都很敬业，化妆表演一点不含糊，唱腔也不错，有两位中年女演员几近专业。据说一位毕业于川剧学院，一位毕业于四川音乐学院，是乐队的灵魂。起初，我对这种处理方式有些不解。若非其间夹杂着哀乐或孝歌，远远听去，人们未必会明白这是在为一位老人送行。后来，一位远房婶婶告诉我，丧事喜办，这既是当代农村的趋势，也是遵从了大姑母的遗愿。自从患上高血压后，每到夜里，大姑母就去城里的广场上跳舞。若在乡下，谁家老人走了，她也会去哭灵唱孝歌，然后登台跳几步。

大姐天生就是这么一个爱唱爱跳嘻嘻哈哈的人，一辈子为儿为女，省吃俭用，走得倒也干脆，自己不痛苦，后人不麻烦！说到最后，婶婶仍禁不住哭了出来。

这次回老家除了替大姑母送行，尚有另一要事——远嫁福建的小姑也赶回四川了。结婚多年，这是妻子与她首次见面。小姑这次返乡后，何年何月能再回娘家看看，实在遥远。

小姑回福建的车票定于八月五日。送走小姑后，我心里越发失落。立秋已过，零零星星的稻田已开始泛黄，漫山遍野的蒿草却异常茂盛。大大小小的公路、桥梁，穿村而过。村庄已被跨河而来的城市肢解，支离破碎。被推倒的民房在烈日下格外刺眼，瓦砾和砖块，散发出烁烁光芒，像一双双泛着泪花的眼睛。莲塘的荷花开得正旺，荷叶在强烈的日光下泛荡出难以名状的妖绿。村主任和支书正讨论着如何跟文化创意产业园的拆迁工头协商，看能否待稻子收了莲藕挖了才把推土机开进村里……

我坐在屋檐下，看一群黑蚁如何蚕食一只幼蝉。它已奄奄一息，它的母亲或父亲正在西溪河对岸长鸣。她（他）不知道自己已在城市的边沿迷失方向，不知道自己的孩子已在城市的对岸夭折，正被一群张牙舞爪的黑蚁消解。隔壁家已拉了光纤，岳父因为屋基跟他们有些过节，我叫八岁的侄儿帮我破解了他们家网络的密码，我想在这个夏天利用网络跟外面的世界好好谈谈。

每个人看上去都很忙碌，没有谁在白天坐下来跟我聊天。每个人看上去都很悠闲，麻将声淹没了我的独白。然而，一到夜里，他们将我重重包围着。他们说起了自家的孩子，有的说三个月都没了音信，有的说正在归来的路上，有的说刚刚出门，有的说尚未订票，有的说已从江浙去了广东，有的说已从广东去了北京……说得更多的，当然是问我有何打算？为何回来？将往何处？几时出门……我说我不知道，还在等待消息。

消息来自深圳的老友M，他说在沙井联系到一份不错的工作，事情确定后你就过来。

从故乡归来，从固戍出发

据M描述，那是一份相当松闲的工作，工资比工厂略低，但非常适合我。我把这个好消息告诉了家人，我说得赶紧返回深圳。

从广安北有直达深圳西的火车，从深圳西却无火车直达广安北。这趟车一到重庆北就改成了另一趟开往达州的慢车，令人难以理解。我们每次从深圳回家，要么从深圳西启程到重庆北转广安南，要么去广州站转广安北。从我老家去广安南，徒步不过半小时。从广安南到广安北，已通公交，快车也就四十分钟。对于小平故里广安，这些年的发展给我最直观的感受，除了大片大片楼盘，便是极为发达的交通，但真正能促进广大返乡民工就业的大型工业区并未形成规模，尽管越来越多的黄金地段已立起了大大小小的产业园牌子。

返深的车票定于八月十五日，它离我递交辞工书的日子已一月有余。我在故乡整整待了半个月。这半个月里，最大的快乐来自孩子们。大女儿秋后将上初二，成绩较为理想，人也踏实听话，基本无须操心。小女儿刚满周岁，虽蹒跚学步，倒也能清脆地称呼着家人。为了接送女儿读书，岳父买回一辆三轮代步车。这些年里，就是他用这辆电动三轮车把我们从南站接回家门口，又从家门口把我们送至南站。岳父的哮喘在冬季特别令人揪心，但天气一暖和，看上去又无大碍。立秋刚过，秋老虎的威力毫不逊色于三伏天。路上，他一再叮嘱我们，家里空调冰箱洗衣机什么都齐了，手头多多少少有些积蓄，出去你们就安心工作。

尽管晚上九点才发车，但每回，下午四点不到我们就得从老家出发，因为火车不等人，只能人去等火车。七零八落的稻谷已被收割得差不多了，公路两旁依然泊着不少来自江苏、河南等地的收割机，它们正等待着主人开往川西北的成都平原或雅安山区。家里原本有两亩尚未被糟蹋的水田，但岳母忙于照顾小女，只好任其荒芜了。夏旱，菜价跟着肉价齐涨，除了饮水和房租，乡下的日常开支跟城里没什么区别。妻子常常唠叨，要是哪天不出门了，回去没个正经职业，一家六口怎么过日子？这大概也是她催促我快点订票回深圳的原因之一。

从广安北到深圳西，如果不晚点，耗时达三十五小时。秋收刚过，倘在往年，车站已是人满为患，今年却格外冷清。候车室里，大多是老奶奶和小孩子，当然，也有三五成群的大爷。大爷们的装束较为特别，非常显眼：汗渍渍的迷彩服，打成捆的旧棉被，散发着烟酒味儿的汗帕子，颜色各异的胶桶以及形态一致的扁肚绿水壶……不用问，谁都知道他们是线路工，俗称"跑线路的"。他们走南闯北，年长的在地面打基桩拖电线，稍壮的在高空架线搭塔。他们已等不及稻谷熟透，相对于出门打工，八成黄的收成算不上损失。跟我同车厢的伙计们有二十三人，将前往广西一个我从未听说过的县城。他们大都来自广安区、岳池县，另几个跟我同乡，互相却不认识。列车上，他们除了喝酒抽烟，也打长牌，说段子论时事，骂村主任咒镇长，家长里短偷鸡摸狗男盗女娼……口无遮拦，无所不谈。坐我对面的矮个子相对安静，看上去也较为年轻。我问他为何不去凑凑热闹？他说心情不好，从云南带回来的第三个女人刚跟隔壁村的杜老五跑了，前妻们留下的两个子女都已成人，女儿在重庆酒吧坐台，儿子在广安城里瞎逛。他问我，像他这般模样的男人在深圳能不能找点松活的职业。我想了想说，说句心里话，有点难，做保安或清洁工的机会还是有的。

一路上我就想,要是在深圳混不下去了,三五年后,我会不会成为他们中的一员?

车到东莞时,我给妻子的堂妹打去电话。我说如果不晚点,九点半左右能到达固戍,叫她家婆在宿舍等着,不然到了工业区进不了宿舍。

堂妹的工厂也在C栋,三楼,宿舍也在G栋,四楼。她嫂子怀孕了,家婆特地从湖北过来照顾,暂时住在她的宿舍。我们留在固戍的行李占去了她小半个屋子,回家前,那些陈旧简陋的家具和过期的报刊不得不叫老人家处理掉了。我们一到,小小的屋子将挤下五个人过夜,当餐时,加上她哥嫂就有七口人。

到达工业区门口时,我给M打了个电话。我说暂住在亲戚宿舍里,不方便,能不能先搬去沙井?他说工作尚未落实,具体地点也没定,沙井那么大,你搬去哪里?先在亲戚家住两天再说呗。

门卫还认得我,他们以为我去了龙岗,过来拿尚未搬走的行李。我说刚从老家回来,没去龙岗。其中一个门卫说,鸟毛,你怎么不跟去龙岗呢?再干两年就退休了!我笑笑。另一个门卫则说,你以为国家干部?不去好!你没听说,车间又小又热,星期天都加班,有个湛江小男孩刚去两天手指头就被压断了!未成年,这下王老头儿摊上大事了。

没想到他们的消息还真灵通。到了411门口,借着堂妹家的网络,我点开QQ,发现小徒弟的"说说"里还真提到了这些事儿。我给小徒弟发了条信息,大概问问惯不。没见回复，我想，毕竟那是龙岗，王小姐成天守在车间里，上班时间谁还敢闲聊？

411的门却锁着，妻子说热死了，凉都没得冲，你去六楼看看我们房间住人没有？我说住没住人那房间也不是我们的了，就算门开着，保安跟你再熟，人家也不会让你进去冲凉的。

我嘴上这么说着，但还是往楼上去了。其实，她叫不叫，我都想上去看看。

每个房间都大门紧闭。门前没有鞋，我不知道哪间住人了哪间没住人。

半小时后，老人家回来了，笑呵呵的，双手各提一个胀鼓鼓的米袋子。她说礼拜一，瓶瓶罐罐到处都是，最好捡，就是越来越不值钱了！天一亮就出去了，不晓得你们这么快就到了。

住进411后，一待就是三天。三天里，吃喝拉撒不成问题，但工作尚未落实，心里总不踏实。第四天早上，我给M打电话。他说那先搬过来呗，就住新桥，跟楚桥同村，暂时没班上，正好可以跟他学学写小说。

得先去沙井租好房子。到了新桥，我给楚桥打电话。他说实在不巧，刚上车回老家办点事儿，大庙新村到处是农民房，随便住。我曾经来过沙井几次，这大庙新村也曾有过一面之缘。记起来了，有年冬天跟几位朋友聚会，地点就在这附近，饭后跟楚桥聊小说，一聊就是深夜十一点半。当时宝安大道已无公交直达固戍，楚桥说你还可以走107国道。楚桥在此生活多年，熟路，便从一个奶茶店推出辆电单车，驮着我上了回固戍的大巴，后来听说那店是他小弟开的。这店子很有特色，一眼就能认出来，但店周围并无空房，我便选了稍远的一处。

之所以把住处租在这里，是因为它旁边有棵大榕树，将来哪位老乡或文友来了，便于寻找。租金谈妥后，第二天一大早，我就叫了工业区门口小店的店主用面包车把我们送了过来。

单间，月租三百四十元，在排骨卖到二十四元每斤的今天，它说不上贵，但是对于一对暂时尚未找到工作却又不得不养活六口人的夫妻来说，也不便宜。

不管怎么说，算是住下来了，而且，还住在了楚桥笔下的"风流底"。但从住进来的那一刻起，妻子就显得烦躁不安，一是说这边的东西特贵，二是附近没有像样的工业区，难以找事。离这里最近的工业区107国道旁，好些厂房都年久失修，低矮破旧，要么改装成了别的行当，要么空着。转了一天，除了两个小工厂每小时十元钱招临时工外，并没有她想要的工作。第二天往镇中心走，招工的倒有不少，除了酒店会所，便是商场铺面，工资大多在两千五之下，不但不适合她的性格，来来回回食宿也不方便。八月二十一日夜里，她便拨通了肥仔的电话。工资是她自己谈的，因为是熟手，她说包吃包住加班加点每月能落三千余元。肥仔的意思是希望我也能一同过去上班，工资不会低于固成。他们厂下月将实行承包制，多干多得，货源稳定，给你一条拉，收入相当可观。我说让她先干着看看吧，要是沙井这边工作落实不了，我还是想去广州跟着老乡学做皮鞋或炒菜，将来回老家开个小店比较实际一点，小平大道经过家门口，作为5A级景区，十年八年总会发展起来的。

　　妻子去东莞那天正好是礼拜六。肥仔带着我在车间转了一圈，表情极为复杂。他说，我晓得你心里想什么，但我不同，全厂三十来号人，除了儿子儿媳，不是亲戚就是朋友，如果不做表带，还能退到哪一步？他还说，逆水行舟，大环境是不好，但只要用心做，质量到位货期准时，死不了！这一波过了，一些小工厂将被淘汰，咸鱼躺在沙滩上，总会翻身的！我现在不计较什么，等老家的房贷还清了，三五年后，说不上东山再起，肯定会从头再来的。

　　面对着他的侃侃而谈，我无言以对。天生其材，必有其用，这些年从打工仔到工厂主再到打工仔，肥仔没少折腾。用他的话说，做生不如做熟，就算死在一棵树上，也要把它做成棺材！

　　八月二十四日从南岸村回沙井的路上，我收到了小徒弟的一条短信。她说，真后悔来龙岗！厂房在顶楼，车间里要通风不能装空调，又热又累！最多坚持到年底，明年来深圳还是去广州说不定。短信之后，她又发了条彩信，那是七七情人节晚上，他们五姐弟去奶茶店吃夜宵的自拍。面对着一张张青春活泼的笑脸，我不知如何给她回信。

　　文章写到这里差不多该结束了，但我离开固戍来到沙井的生活才刚刚开始，似乎还得多说两句。

　　妻子离开深圳的这些日子，几乎成了我有生以来最为孤独的时光。白天害怕出门，大街上空荡荡的，连个想招呼的人都没有。天黑不敢进屋，独自坐在电脑前，长夜漫漫，苦思冥想仍敲不出一个字。妻子一而再再而三地询问上班没有？我说等等，再等等！我知道，她很着急，她有她的理由，但那也仅仅是她的理由。

昨天，也就是九月七日上午，天气突变，雷声隆隆风雨交加。接完妻子的电话，我决定去趟广州石井。

这个决定非常突然，因为早上我已在新桥农贸市场买回一把空心菜和两根红苕，准备再次待在屋子里漫无目的地度过一个糟糕的雨天。妻子在电话里说，过几天又要交房租了，你看着办好了，我八月份才上班，人家六月份的工资都没领！

那就去广州看看呗，是该去广州看看了！打完电话，我对自己说。

我们村子里有不少人在广州从事着各种职业。这些年里，那些年纪跟我相仿的，比如老唐，总是打电话叫我有空去玩玩，我却总是没空。前两天，老唐又打来电话说，天凉了，鞋厂开始赶货了，要是工作还没落实，你过来看看嘛。我说工作基本没问题了，但还得等等，有时间我会来看看的。

雨越下越大，来到沙井客运中心，买票前，我才想起墙角里那把空心菜和两根红苕。我不清楚这次广州之行有何目的，将待多久。我得回去把空心菜和红苕提去楚桥家。虽然它们值不了几个钱，总好过在屋子里烂掉。

老唐多次跟我提起做鞋工资多高多高，我总是半信半疑，实地一看，还真是那么回事。整个厂子就十来号人，但每人每天至少可以产出十三对真皮女鞋。每对鞋的工钱在二十五元左右，但每天的劳作不低于十六小时。我在车间里坐了一下午,傍晚出来时,早已被浓烈的胶水味熏得晕头转向。车间不足两百平方米,隐藏于红星村某栋非常老旧的农民房六楼里。嘈杂、闷热和胶臭,穿刺着人体的每一个细胞。我无法想象,这二十多年里,跟我一般年纪的老唐是怎么撑过来的。

第二天早上,我决定回深圳去。老唐说,你工作还悬吊吊的,既然来了,怎么也得考考电车吧,万一真来广州呢?几斤几两心里得有数!

鞋厂的电车大多是高车。这些小厂子出产的鞋子款式新颖、品质一般。但其规模都不大,从开料到包装,所有工序全计件。招车工的广告满大街都是,但要求熟手、配组,即一个车工须带两个折边贴合上胶水的面部女工。我虽然踩了二十年电车,但那全是平车或电脑车,跟高车不是一回事,而且我对制鞋工艺极其陌生。他们说,你基本功扎实,人又不笨,学高车不难,你什么时候拉到两名熟手面部工再来试试吧。

我不知道他们是怎么看出我不笨来的,他们真会讲话,连拒绝都显得这么客气。

后来,在村外的工业区里,我终于找到了一个规模较大无须配组的鞋厂。这里仅车工就有七八十号人。车间分两层,一楼左边开料、铲皮,右边QC、包装;二楼左边勐鞋、定型、上底,右边台面、车位。流水作业,多劳多得,全计件。据老唐讲,鞋厂最累的是上大底,长年守在烤炉边,又热又臭,车位算是较为松闲的活路,但工资都相差无几。

我以见工为由,跑遍了每个车间,工位上难以见到一张年轻的脸。无论男工或女工,大都四十岁上下,年近六十的也有。他们动作娴熟，埋头工作，从不轻易喝水或上厕所，以有限的体力、无穷的干劲以及对生活最原始的冲动，制造出世界上最流行最受淘客们青睐的皮鞋。但是，通过车位考试被录用后，我又突然想起，自己曾经患过两次肾结石，哪能胜任如此繁重的工作？

从鞋厂出来，已近中午。不能再在广州耗下去了，我得趁早回深圳。

我拨通了M的电话。

M说，正准备给你打电话呢，刚得到消息，工作没问题了，你就耐心等待上班吧。

回深圳的大巴上，我把这个好消息告诉了妻子。我说，你在那边太辛苦了，每天干十五六个小时，来沙井找份工作呗。这些天，我把沙井转遍了，其实还是有不少大公司招女工的。

她说，不是不想过来，也不是肥仔不让走，实在开不了口哇！做人要遇水搭桥，不能过河拆桥！再怎么样也得撑到年底吧！年一过，人家好招工，我也好找厂。撑多几天又何妨？

是啊，撑多几天又何妨？肥仔那一大家子，广州那帮乡亲们，大街上那些走着的、跑着的、认识不认识的厂哥厂姐们，几十年不都撑过来了吗？他们不仅撑起了自己的小家，曾经也撑起了这个国家。

不是吗？

2015 年 8 月 24 日初稿于深圳大庙新村
2015 年 9 月 8 日定稿

回裤裆湫

从沙井到佛山西

在故乡广安，我有两个家，一个是我的出生地裤裆湫，今属广安市前锋区，已破败多年；一个是我女儿们的出生地火山村，位于广安区枣山物流园，紧临协兴园区，现已拆除。

火山村的房子是旧历二〇一八年二月被推掉的，离我正月初六重返深圳上班刚好一个月，那个春节便成了我在火山村度过的最后一个春节。拆迁协议春节前就签了，因拆迁户太多，岳父担心到时租不到划算的房子，签完协议就去镇上老街租了一处极其便宜的旧房子，余下一大半过渡安置费，说是用来买米全家人可以吃一年了。我和妻子都希望他们租住在小区里，毕竟孩子们一天天大了，安全和卫生应尽量讲究，却未能说服他。他说田没了土没了，一家人到了镇上吃一口水都要钱，得划算着用，又说，怎么样也比农村好呀，茅草棚棚我们还睡了几十年呢，这高楼大厦的风吹不垮雨淋不湿有啥不好啊？

当时，还有好几户人家未与拆迁队达成协议，成了所谓的钉子户。我们家算签得比较早的。那房子是二〇〇六年盖的，当时钱不够，就两层，未装修，后来想盖高一层再装修一下，上头又不允许了，说是在红线范围内，枣山全域已被规划。房子朝南，屋前有晒场、菜园、柚林、鱼塘和庄稼，屋后是一片荒地，可养鸡鸭和牲口，我们坐在堂屋里就能看到广安城一天比一天大，直到把整个火山村都吞了。

小女儿快上学前班了，住镇上方便，加之那房子盖得便宜，扣除安置房面积还能余几个钱，岳父在签协议这事儿上没讲多话。

房子是拆了，地却未征用，说是租借给建筑公司堆渣土。广安地区紧临重庆，除了山区便是丘陵，城市沿渠江而建，近年主要向西南方向延展，无论建楼还是筑路，渣土都特别多，把地租给人家当渣土场似乎成了一门不错的生意，许多偏远的山沟沟都这么干。近年来，任何一座城镇都能找到大兴土木的理由，可谓圈地成风。据说那火山村四周已被医疗集团、教育集团和房地产公司征用。再往镇上去，诸多楼盘拔地而起，年节时，大街小巷张灯结彩，离开土地的农民和务工归家的民工在小区门前跳着舞摆着摊儿扯着圈子，城市气息扑面而来。

小平大道和市中医院已征用村里部分土地，一些六十岁以上老人买了社保并转为城镇居民。每年社保到账后，村里所有六十岁以上的老人平分，似乎也挺公平。岳父岳母均年过六十，据他们讲，社保费、过渡费、土地租金等到手后，如果省一点，基本够日常零花，当然，孩子们的学杂费得靠我们在深圳打工寄回去。岳父说这话时心情是愉快的，他跟别的老人一样，觉得苦日子到头了，该享享清福了，并希望我们尽量抽空回家看看。

　　平时工作忙，路隔数千里，回一趟家真不容易。这些年来，我们已习惯春节回家，一到旧历冬月中旬内心就充满了期待，一有机会便紧紧盯着电脑或手机抢火车票，尽管春节假期得从除夕开始，而且仅仅七天。就算你离家再远，顶多提前三五天动身。事实上，年初出门时我们就有了回家的打算。

　　春节期间多雨雪霜冻，汽车不准时，路况恶劣，而机票多为全价，来回得花掉一个月工资。春运挤火车，每次行程都特漫长，总觉得这几十年来一直在火车上。广安离重庆也就一百公里左右，广州到重庆的高铁前年已开通，春运加班列车也不少，但四川是劳务输出大省，我们想买到心仪的火车票仍非易事。所谓"心仪"，一是价钱划算，二是往返日期得将就，春运抢票就成了耗时费神的苦差事和技术活。

　　年底，单位较为轻闲，我整天木鸡一样待在办公室，抢两张火车票并不困难。我先抢了小年后的普通列车，全程三十多个小时，后来想到妻子未坐过高铁，便希望碰碰运气换两张。深圳尚无直达重庆的高铁,而广州到重庆的高铁连站票都"见光死",我只好换了一月二十九日凌晨三点从佛山西开往重庆西的高铁票。妻子却不太乐意,她说这得多花一倍的钱呀,半夜发车,头天晚上就得去佛山等,到了重庆西倒车回广安也挺麻烦。妻子在小工厂干了近二十年,前不久才去一个社区图书馆上班,活儿轻松了,工资仍不高。我的收入也有限,两人挣钱六个人花,一年忙到头稍不注意就白干了。但普客票已退,如果再把高铁票退掉,恐怕得站着回家。妻子很无奈,又想不出更好的法子。我说又不是天天坐高铁,怕啥?大不了返程时坐一百二十元的加班车嘛。

单位初七上班,返程坐慢车须三四十个小时,若能抢到初五的票最合适。凭多年抢票经验,我先抢了初四的,第二天再抢初五的。初四的票好买,初五的一点开就只剩站票了,没敢要。几天后,连初四的站票也没了。

买好正月初四返程票时,日子仍在腊月初。深圳暂无直达佛山西的火车,得去广州转。但深圳到广州南的高铁票特紧张,很难买到晚上的。坐汽车吧?沙井去佛山的车很少,时间也不将就。后来同事梁叔说他家在佛山西附近,年前想回去看看父母,到时可以捎上我们。

梁叔过两年才退休,看上去身体却不太好。我不希望他为了方便我们而开夜车,便决定多请一天假,二十八号下午出发,到佛山吃晚饭。

我去过佛山两次,一次是五年前去领中国青年产业工人文学奖,住在西樵山下的酒店里,第二天还去山顶见过南海观世音塑像。另一次是两年前去顺德,也是领奖,刚好碰到茨平兄。那些年茨平兄写小说和散文,多以打工生活为题材,跟我有不少共同语言,算是网上较为谈得来的文友。看上去他比我想象的年长,在一饲料厂做企业宣传,买了私家车,初次见面便一见如故。午餐后他拉着我们满佛山跑,说要找个地方喝酒。大热天的,下午三四点哪有菜馆营业?好不容易找到一快餐店,酒足饭饱后,回深圳的火车票却卖光了,于是他又把我拉到北窑去。那里有我多年不见的亲戚,说是去看看他们,其实是借宿。

那之后,我对佛山的印象更深了,总想着哪天有机会再见见茨平兄。

临行前一个星期左右,我问茨平兄离佛山西远不?回家会在那儿转车。他说就两公里,早点过来嘛。

动身的日子离正式放假还有一个星期。按单位要求,无论编内还是编外人员,提前回家或延后返工都得写请假条,超过两天扣工资。梁叔说你请什么假啊?先把二〇一九年的年假休了吧。年假一休,暑期就没空回去看孩子了,想来想去也只好先把年假休了。

办理好相关手续后,我开始掰着手指头期待归家的日子。妻子也为回家做足了准备,连续上一周"直落",工作量增加一倍,很累,倒也好过以前在工厂请假扣工钱。

一月二十八日下午,多云,天气不错。从沙井出发,一路上除了一些小追尾事故,基本通畅。事故主要发生在广深高速上,多为国产新车。梁叔有三十多年驾龄,普通话很不标准，平时不爱讲话，一见到交通事故就摇头嘟哝几句。我坐在副驾驶位上，看着一堆又一堆拖家带口急着回家的人站在应急车道上不停打电话，年后去考个驾照的念头又没了。考驾照是为了买车，买了车就想开回去，说是走亲戚访友方便，可走走停停几天几夜也未必比挤火车舒服。当然，我不买车最根本的原因还是出于经济考虑，就夫妻俩在深圳，上班用不着，又没别的业务，如果真要买，估计也得以后回到广安再买。

车到佛山狮岭时，五点不到。茨平兄说正在开会，年底老板想说的话实在太多了，还没讲完，不方便出来，先等等。我们便把车停在厂门外等。工厂大门正对着广佛城际线，铁路以西是一片荒地。夕阳正红，梁叔叉着腰，面对着夕阳下的荒草，若有所思的样子，满面挂着从未有过的深沉。二十世纪八十年代初他就离开佛山去了深圳沙井放电影，一干就是四十年，至今仍负责"送戏、送电影下乡"的工作。早些年，他攒钱盖了点小房子，孩子成家后又买了新房，八十岁高龄的父母不肯来深圳住，自己转眼就快退休了，就可以到处走走了，一辈子就这么平平淡淡过了。在这年末岁尾，拉着两个急于返家的四川人在老家歇脚，他的内心似乎并不比我们平静。他这次回家最多就待两天，年前还得返回深圳上班，然后春节值班，估计得正月十五后才能再次回佛山看看父母了。

门口的保安问他找谁，从哪里来，到哪里去？他呵呵一笑，脸上充满了自豪。他说从深圳来，到佛山去，我是佛山人,我在这儿耕田时你还没出生呢,问我从哪里来?真是的。

我知道,他是真的回到故乡了。据说,他的兄弟姐妹大多在深圳安家,父母仍喜欢住佛山,因为老屋还在。在沙井出发时,我见他特地去跟小弟要了钥匙,说是要回去好好看看老房子,顺便带点儿年货给老人们。他还告诉我,一年后就可以在沙井坐高铁直接到佛山,不用一个钟就到家了。

夕阳没入荒草时,茨平兄才笑嘻嘻出了厂门。跟两年前一样,他一边跟我谈论文学,一边寻找菜馆。他说好多文友都来佛山找他玩过。他确实是一个挺好玩挺热情的人。

他说,当年老板建厂时购置了一大片土地,盖了好多宿舍,为方便职工亲友探访,后勤部留有专门的客房,已经替我们申请好了,饭后先回厂里休息,半夜再拉去火车站。我说年底你也挺忙的,干掉两瓶啤酒我们就在附近走走,半夜三更打扰你也不是个事儿。他突然笑了起来,说好吧,出门在外,这年头能见个面吃个饭就好,过夜睡觉还真不容易。

饭后,我们去了他工厂对面的荒草地。进去我才发现这是个大型植物园。年底,深夜,天又冷,园内少有人走动,高大茂密的热带植物在路灯下显得很神秘。我不知道这园子究竟有多大,平时有多热闹。我们东拐西转只顾着聊天,后来竟迷了路。

好不容易从园子出来时,已近午夜。想到他第二天要上班,梁叔还得赶回家歇息,我们便直接去了佛山西站。

佛山西站刚建成不久,跟我前年在广州南站赶车的情况略有不同,看上去乘客并不算多,估计大部分人仍未到站候车。我和妻子接过义工免费发放的瓶装水和报纸，在二楼人少的地方找了一个避风的角落坐下。后来，我又把报纸铺地板上，用行李当枕头，让妻子躺一会儿。慢慢地，地板上坐着或躺着的人就多了。他们吃着零食玩着手机，或紧紧相拥，或由孩子敲打着疲惫的双腿。他们跟我们一样，为这次长途旅行做了长时间准备。车站里灯光明亮，地板光洁。四处张望或行色匆匆的人们在地板上留下长长短短的影子，如一幕幕旋转电影，勾勒着各自的人生，讲述着属于自己的故事。妻子在地板上躺了一会儿，说背心冰凉，得早点进候车室找个地方坐坐。

过安检后，我们才发现人们大多进了候车室，乘客并不比当年在广州南见到的少。他们或席地而坐，或撑着行李杆养神，或一边吃泡面一边看列车信息。

头班车将于凌晨两点发出，我看了看手机，凌晨一点，离我们出发的时间还有一个小时。

从深圳沙井出发到现在，已过去整整十二个小时。我站在佛山西候车室里，等待着一月二十九日凌晨第二趟发往重庆西的高铁。如果一切顺利，我们将于十二个小时后抵达广安。这些年来，候车室里的每一分每一秒每个场景都在我脑海里烙下过印迹。在这样的等待中，我会好好想想这一年来的历程，以及来年的打算。

这种等待特别慢特别慢，慢得所有的日常生活都可以忽略不计，慢得让人感觉一生都消耗在旅途中了。

从老街到法国风情街

上车后，窗外仍黑洞洞的。妻子第一次坐高铁，并未表现得特别兴奋。她在亲友群里发了两张照片，说上车了，最快中午可到广安南站，谁来接我们？

广安南坐落于枣山园区，离我们的租房不过两公里，坐公交车七八分钟，如果行李不多，步行也没啥问题。亲友们大都买了私家车，岳父有一辆三轮电动车。如果天气好，都是岳父年末接我们回家，年初送我们出门。这次我们特地交代了，让他在家等着，天冷，出门风大，别再操这份心了。岳父患气管炎多年，身体一年不如一年，冬天一吹风就会感冒，特别难受。

车入贵州境内，天微明，群里有人回信息，说都在二叔家团年呢，你们到了重庆再说吧，谁接都行。二叔是妻子的二叔，属广门镇，家离车站也不远，前几年盖的新楼，未拆迁，团年饭仍在乡下办。其他租房的亲友住处窄逼，团年时得去饭店包席，有的三五桌，有的七八桌，能叫上的都叫上，说是过年人越多越旺。

我们以为岳父带着孩子们去了二叔家团年，在重庆西下车后，并未告知他。重庆西较为偏远，运营不久，即便春运，发往周边的班车也不多。广安境内原本有好几个火车站，仅襄渝线上的前锋站车次较多，但离广安城区有好几十公里，很不方便。而广安南站位于南充到重庆的一条支线上，平时除了几趟去成都的动车，与重庆之间并无往来。春运时，重庆北到广安南加开了三趟临客，其中一趟中午一点从重庆北发出，提前四天放票，结果我们连一张站票也没抢到，只好买了十二点由重庆西开往广安客运中心的汽车票。

好在并未下雨，也没起雾，车到广安时不过两点半。来接我们的是二叔的儿子阿全。他前些年在贵阳搞装修，算个小工头。后来孩子大了得在老家上学，又听说家里到处是楼盘，他便把队伍拉回广安，从一个大装修公司接些小活。回广安前，他把先前的破长安车卖了，另买了一部稍好的二手长安，说是面包车实用，拉人拉货都行。

他看上去有段时间没干过体力活了，胖了，烟也不抽了，对客运中心周边的路况不太熟悉，被交警赶来赶去好几次才找到上客点，也不知被抄牌没有。

坐在阿全那被装修材料整得破破烂烂的二手长安车里，故乡的天空变得灰暗了起来。出客运中心不久便上了迎宾大道。迎宾大道西接枣山高速出口，东至城南五福桥，路两边被绿色屏障遮得严严实实。那些高出屏障的树冠上已挂满彩灯，大红灯笼在灯杆上迎风飘荡，空气中散发着新年的气息。

出迎宾大道左拐时，我发现故乡的很多道路跟深圳的一样，侧边绿化带和人行道已被挖掘机掀开，裸露出新旧不一的土石和水泥块。我们的租房位于枣山老街，老街上破旧的店铺门口摆放着各种应节礼品，除了包装华丽的饮料和五花八门的食用油，也有许多传统年货。街面坑坑洼洼的，两旁停着许多外地牌照的小车，有新有旧，档次不一。上了年纪的乡下人仍未来得及换上节日新装，肩挑背扛挤在店门口讨价还价，企图用丰富的物质来回馈一整年的辛勤和付出。

车欲拐进租房小巷时，我听到了一阵阵悲怆的唢呐声和密集的鞭炮声，闻到了火纸燃烧的气味儿。

又死人了，在行大礼，车进不去了，都快过年了还敲敲打打的，真是的！阿全说。

是啊，快过年了，我说。

车确实进不去了，即便能进去估计他也不会开进去。所谓行大礼，就是老人过世后出殡的头天下午举行的最为隆重的法事。而巷口右侧正好是一家棺材铺，就算不遇到这件事，亲友们的车一般也不会进巷子，能绕开棺材铺都会尽量避开，何况是年末岁尾。

这棺材铺有好些年头了。铺头临街处搭了个木棚子，白天，上过黑漆的棺材就摆在巷子里，棚子里则是些半成品或刚成型等着上漆的白棺材。据岳父讲，时下做棺材多为机械加工，轮廓清晰，线条流畅，内里光滑，尺寸标准，样分好看，但材质大不如从前，多为水柏或椿树，不中用。他还举过一个例子，说上次奶奶迁坟时，村里有些新坟尚不足两年，水一泡那棺木就朽掉了。奶奶的棺材是旧时请木匠来家里制作的，硬柏木，虽然比人家的先入土一年，却几近完好，因为材质好，经得起水泡。

这年前过世的老人是谁呢？阿全也不清楚。到家一打听，得知是隔壁楼房东的母亲，九十多岁了。老人儿孙满堂，腊月初就走了，后人们为择得一个大家都认可的吉日，遗体在家里已整整放了三个星期。经过近几年发展与扩张，这枣山老街已被重重高楼包围,像个孤岛,按深圳的说法就是一城中村。年末,政府已出文件,城区全域禁放烟花爆竹。所以,来宾或法事上的爆竹点燃后全被丢进了门口大铁桶里,烧钱化纸也有固定地点,不像乡下那么随意。

岳父见我提起这些事,又举了前年一事例。他说,前年村子里唐老婆子去世了,在家里放四十多天,好折磨人哦,以后我走了,当天就拉去烧了,灰都莫留一把。妻子说灰还是要的,甯家沟不是有公墓吗?又不贵。岳父常年多病,吃过很多苦头,早已看淡身后事。他常常会不分时间和地点安排着后事,一再要求从简。他说村子被推了,那些土葬埋大料(传统棺材)的,买地皮要钱,跟甯家沟的村民商量还要请吃请喝,埋个土堆堆两三万块,有啥意思?不如一把火烧了去馆子里撮两顿。后来他又说到了爷爷和奶奶,说爷爷去世五十年了,敲坟时就剩两条大腿骨,旁边那些无名坟敲开后,头骨被人东一锄头打过去西一铁锹铲过来,从坡上滚到水田里,鬼都不晓得。最后他还说,你奶奶入土才三四年,开棺后就剩一把骨头,用袋子一笼,提在手里哗哗地响,她听到吗?人死如灯灭。

岳父每次聊起这个话题就特别来劲儿。他并非绝对的无神论者,只是对身后事不以为然,说到底也就为了省钱省事,尽量不给后人添麻烦。他说奶奶在他十三岁时就守寡了,居然活到了八十九岁,作为长兄,他把二叔和三叔拉扯大,还帮他们立了门户,现在孙女都读高中了,啥事没经历过?算命的说他活不过五十四岁,结果快七十岁了还是老样子。我们清楚，他这么说的意思是让我们平常也注意节省，存点钱，别到年老时受穷。

租房在顶楼，两通，上面盖了青瓦和隔热板。临街的窗子挺大，光线不错。整栋楼就三层，预制结构，地板没铺砖，脚步重了都起灰尘，是老街建得较早的楼房。大女儿和老人们的床铺之间扯了一条布帘子，好在她住学校，少回家，平常回来还可以睡我们的床。我们的床是用两条板凳和一张木板搭成的，搁在另一通靠窗的地方，我们不在家时就空着。床前的窗子太大，岳母便用一块粉红色长布一遮，倒有了些喜庆色彩。

我点燃一支烟，趴窗台上朝下看。巷子上空扯了半透明的雨布，伙计们已摆开桌子，铺上白色桌布，置好碗筷，倒酒的倒酒，炒菜的炒菜。热气腾腾的蒸笼下烈焰滚滚，纸钱味、扣肉味夹杂着锣鼓声、唢呐声和鞭炮声，在腊月二十四的老街夜空回荡。我知道，这里是四川广安，小平故里，具体一点是一个小镇上的一条老街，或者说一个城中村的某条巷子里。旧历年末，这些跟泥土和庄稼打了一辈子或者半辈子交道的人，离开村庄来到这里，正在为一位出生在二十世纪初叶的老人超度。她的子子孙孙、生前好友、四邻五舍正从全国各地回到故乡，以告别的名义聚在一起喝酒打牌，询长问短。这是一场发生在我们楼下却跟我们完全无关的葬礼。岳父在这住了一年，几乎认识老街上每一个生意人，似乎跟谁都熟悉，但因平常不曾往来，镇上一般人家的红白喜事都不会去随礼吃酒。房子拆掉后，并非整个火山村的人都住到了老街，有的去了稍远的乡下亲戚家，有的在城南或城北买了住房，虽各散五方，但谁家摆酒大伙儿还是会去凑个热闹的。

故乡的酒席大多兴在腊月末或正月初，以便出门归来的人聚会。广安人好热闹，爱摆酒，礼金二百元起步。这二百元会全部花在酒席上的，绝不是为摆酒而摆酒。即便是乡下的坝坝席，你吃过也一定会觉得特别丰盛。如果你因工作太忙送了礼而没去吃酒，主人家会不高兴的，下次在酒桌上见了面还会提起并责怪你几句。广安人好客，家里来客人了，小孩会发"客来疯"，兴奋得故意犯错，知道大人不会当着客人的面责骂他，而客人走后他们的气也消了。

岳父经常说起的话题便是老家的酒席，然后就说说一年来的开销。孩子们的学杂费、生活费，一年请了几次客，送出多少礼，买了什么大件物品，住了几回院，房租多少，油盐米醋气水电等日常开支多少，都清清楚楚。妻子跟父亲对着全年的收支，挺认真的样子。我不爱管家务，也不管钱，甩手掌柜一样坐床上，一边抽烟，一边打量屋子。这屋子实在太简陋太旧了，一住就得三五年。我觉得老人们越来越老，孩子们越来越大，应该找一处较好的房子。我试着说出心里的想法，却被他们反对了。理由很简单，说到时候安置房分下来，装修要钱，孩子们上学要钱，没田没地的，能省一个是一个。

之后我就不怎么说话了，一是觉得没什么好说的，二是赶火车几乎整夜未合眼，实在困。阿全不抽烟了，话也少了。

他大概说了一下目前广安的发展形势和来年打算，信心满满的样子。最后他说到了团年饭，说一家老小为了等我们回家都没去他家团年，记得改天一起去吃一餐。

阿全离开后，岳母端出地瓜粥，切好香肠腊肉，问我们午饭怎么打发的？我说四五十岁的人了，又不是头一次坐火车，不会亏待自己，你们就别操心这些了。

大女儿在城南补习功课，到家时已近傍晚。小女儿四岁半，已上两年幼儿园，个头高了不少，先前跟我们视频时特别调皮，见了面却自顾自看电视，反倒生疏了。

晚饭后，妻子翻出零食和新衣服，小女儿判若两人，"爸爸""妈妈"叫个不停，还从书包里翻出作业本和奖状讨好卖乖。我抬头望了一眼竹竿上的腊味，比往年少了。岳母说年前闹猪瘟，肉特别贵，没准备多少，屋子太小，团年饭和正月间请客都得去馆子里，到时全部背去深圳都行。我说深圳天气热，腊肉吃多了上火，正在减肥，可以少带点。

楼下正办着丧事，特别闹，我只好关紧门窗。腊味挂在我的床前面，孩子们在隔壁围着电视跟大人们有说有笑。听着他们的笑声，闻着床前的腊味，我才觉得真的快过年了。

这时电话响了，从东莞回来的一高中同学组织饭局，要我立即赶去城南西溪河边吃扒骨肉啃猪蹄。我说吃过晚饭了，坐车好累，能不能改天啊？他说有好几个是毕业后第一次见面呢，你自己看着办吧。

想想，还是去吧，毕竟好些人快三十年没见过了。

同学见面，免不了话旧，喝酒，一喝就是夜里十点过。

酒后大伙儿都不敢开车，好在那地儿离住处不远，叫个滴滴才九块钱。

一路上我就想，住城里确实好啊，喝再晚都能回家。

到家时他们已入睡，我闭眼倒在床上，听着楼下的唢呐声，好不容易才迷迷糊糊睡去。

岳父叫醒我们时天还黑着，我看了看手机，凌晨两点过。岳父说楼下要"背电"（闭棺准备出殡），得把睡着的人叫醒，不然会被带去阴间。全家老小都被他叫醒了，孩子们特别听话，似乎明白"背电"是怎么回事，都睁着眼睛躺在床上。岳父趴窗台上，等棺材被人抬到巷子里才叫大家继续睡觉。

楼下仍闹哄哄的。我有早醒的习惯，这么一折腾实在难以再睡。我想起白天在车里看到的街景，想起跟妻子第一次见面就是在这老街综合市场上。那年妻子才十九岁，见面后我就去了她火山村的家里吃午饭。当时他们家还在磨盘山坎上，两间半草屋，一条小土路，步行得一个多小时。转眼十八年过去了，大女儿上高中了，草屋变成了五通楼房，后来又被推掉了。据说在老屋附近小平大道与火山大道交会处已立起一百多个塔吊，十余个楼盘正如火如荼地平地、打桩，其中一个开发商竟是我的高中同学。

高中同学中有经商的、从政的、教书的，也有从外地回来建厂的，都比我这个在深圳生活了快三十年的打工仔有出息。同学们见了面，直呼姓名，谈天说地，毫无身份地位贫富之分，又那么地融洽。我是一个不善交流的人，私下加微信的同学并不多，不清楚在这座城市里还有多少楼盘是中学同学或小学同学开发的。当然，我也不会去特意打探，毕竟目前尚无买房的实力和强烈意愿。但满大街的高楼又令人好奇，于是又想，那就趁这些天得空好好逛逛。

这么想着鸡就叫第三遍了。这些鸡大多是跟着村里人来到老街的家鸡，打起鸣来仍然洪亮，但在这个春节里，它们大多会成为人们的盘中餐，结束一生的宿命。

我在鸡啼声中下楼，离开小巷，穿过老街，然后沿着蚕房湾街，经过荷花路来到枣山大道。

枣山大道东接迎宾大道，西至南站以西的旭岩安置小区，是枣山较早建成的交通干道，原本宽阔，后来政府引进比亚迪在路中间建了云轨，加上两旁的高层商住楼越来越密集，这一带看上去便有了大都市的繁华与紧迫。云轨不同于地铁或轻轨，它由比亚迪公司研制，属单轨单柱纯电动交通工具，路轨沿城市主干道全程建在路面上。据说，比亚迪西南总部已落户广安（深圳）产业园，是广安从深圳引进的大型创业项目之一，拟投资超百亿元。广安云轨1号线是西南地区首条云轨线，政府和建造商都想把它作为新型公交样板来打造。该线将从枣山物流园通往小平故居，是一条观光旅游交通线。广安因小平得以建市，原广安县域已沿渠江划分为广安区和前锋区。广安区主打旅游业，前锋区主打制造业，而我的出生地裤裆湫就位于前锋区。每年回到广安，除夕前后我都会去裤裆湫看看。裤裆湫尚有一处老屋和数座祖坟，我父母也长眠在那里。乡村公路多年前就通了，但较为偏远，坡高路陡，人烟稀少，早已荒草漫野，跟眼前这十年前尚属农村的枣山新区比起来可谓天壤之别。

天仍灰蒙蒙的，枣山大道上难见人影，车辆也少，与满街的彩灯、灯笼以及"欢迎业主回家过年"的标语显得不太搭调。从枣山大道东端出发，沿街可见石谷梁子安置小区、皇家府邸、中迪国际社区、万品豪庭、法国风情街、国际会议中心、鹭岛国际、时代天骄、时代国际、旭岩安置小区等大型商住小区。这些小区大都已建成，却没几户人家亮灯。我问了几个打盹的保安，都说现房早卖完了，价位全在五千以上，也有六七千的。经过几年积攒，我们也可以在广安付个首付什么的。老实讲，这年头把钱放银行是真不划算，如果前两年入手一套，也可让一家老小搬离老街过上更舒心的日子。这么想着，我似乎又打起了房子的主意，见已近七点，便试着给那位开发商同学打了个电话。同学说年后就开盘了，具体价位他不是很清楚，五千以上吧，得自己去售楼处问问。然后他又问，你在深圳搞这么多年，怎么会没房子住呢？早些年干吗不买呢？

我不知如何回答，早些年我还没解决温饱呢。我说好吧，有空去问问。

挂掉电话，望着满大街黑灯瞎火的高楼，我又打消了进一步打听楼价的念头，具体原因我也说不清楚。

接连几天清晨，我就那么在北风里来来回回行走在枣山大道上。年关越近，街头的行人和车辆越来越多，人气也越来越旺。这里离南站和客运中心都近，一到春节便成了黄金地段，一些开业不久的旅店门前停满了来自全国各地的车辆。

我不知道他们究竟是前来观光的旅客，还是不愿归家的本地人。有那么一天清晨，好像是除夕吧，在中迪国际社区附近一路口，我见到了一位衣着体面的旅行者，他（她）一手夹在裆里，一手扶着拖箱，独自躺在街头。我远远地站着，看了好一会儿，那人仍躺着未动。呼呼的北风晃动着灯杆上的大红灯笼，空荡荡的巴士穿梭在干净的马路上。我不知道北风是否吹乱了他（她）的头发，也不知道他（她）究竟因何露宿于此。我不敢靠近他（她），担心自己的粗喘会把他（她）从睡梦中惊醒，甚至害怕他（她）醒来叫出我的名字然后又问他（她）的家在何方。还有一天清晨，在法国风情街数码影院附近的羊庄门口，我听到了一位老太婆在寒风中独自大骂：拿他妈这点钱，真难啊！我不知道她拿的是什么钱。菜钱？米钱？肉钱？守门的工钱？洗碗的工钱？扫地的工钱？抑或是儿女的养老费？我记住了那声嘶力竭的骂吼，那是我这些年来听到的最为悲怆的乡音，透过冰凉的空气，好几天都在我耳畔回荡。

  那些天里，我总是在鸡叫第三遍时从老街出发，漫无目的地转悠。我去得最多的是法国风情街，那里的房子不高，看上去确实漂亮。后来我就想，我应该写点什么了。写点什么呢？无须刻意渲染故乡的城乡差距、贫富悬殊、破败与繁荣，只需通过自己的行走和观察，用心体味一个真实的所在，让别人能真切感受到这个被称作深圳"第十二区"的川东重镇独有的气息就行了。

  深圳"第十二区"的广告牌是某个早晨在高速路口被

我发现的。见到它我着实吃了一惊,毕竟我在深圳生活了近三十年还是第一次知道这么个称谓。我对它非常陌生,特地"百度"了一下,其来由可能与正在建设中的广安(深圳)产业园有关。当然,如果这一园区真能如规划的那样成为现实,成为国家级高新区,我想将来无论是就业还是居住,广安都是不错的选择。而事实上,无论故乡将来变成什么样子,若干年后我们都将回来。这里既是我们的出生地,也是孩子们的出生地。对于很多人来说,你在深圳待得再久,终究还是过客。

从枣山到裤裆湫

整个春节只下了一天雨。

天气好,适合走亲访友。小弟节前有空,我们便约定腊月二十七吃完团年饭一起回老家裤裆湫。裤裆湫是我们共同的出生地,亦即所谓的原乡。

二弟在城里忙于生计,未与我们同行。出发的头一天,我给在天池安家落户的老夏打了个电话。老夏跟我同龄,从小学到高中都是同学。高中毕业后我外出打工,他跟师学医,第二年就结婚了。开诊所,看病抓药,一个小店难以支撑整个家庭,后来他便去了当地一煤矿做合同工。再后来,他小弟跟大多数年轻人一样,也离开裤裆湫去了别处安家。这几十年里我们极少见面,甚至好长一段时间连个电话都没有。但每年回到裤裆湫,我都会顺路看望一下他父亲。夏伯跟我父亲是同门师兄弟,都是远近闻名的瓦匠。我父亲四十九岁那年意外去世后，那老屋就空了。夏伯至今仍生活在裤裆湫，年过七十依然种地养殖，老两口过着简朴的生活。

　　给老夏打电话是因为在深圳临行前我们有约，说春节期间去老家聚聚。他说单位突然发通知加班，年三十才放假，年后才有时间返乡下，到时路过广安城再碰面吧。

　　小弟已育有一对儿女，弟媳仍在医院上班。儿子年幼，不愿跟他去乡下，六岁的女儿却特别想去看看爷爷奶奶的墓地，便跟了下来。因忙于工作，小弟一年也难得回几次广安，我们顺便把团年饭也定在了腊月二十七。

　　虽近年尾，一些年轻人仍在商场上班。吃团年饭时，亲人们并未到齐，但也挤了满满三桌。先前在乡下，家家户户的团年饭大同小异，如今兴在城里，口味和菜品可随意挑选。选来选去，大家决定吃火锅。川味火锅极富特色，麻辣鲜烫荤素由人，划拳猜酒热闹喜庆，早已成为广安春节期间的常见饮食。

　　饭后已是两点过，好在小弟有车，来回从容。我们每年去老家的目的主要有二：一是给过世的亲人烧纸，二是看望曾经帮助过我们的父老乡亲。我父母过世早，特别是我小弟上学时，村里不少人帮助过他。其中有两位资助过学费的远房堂兄，七八年前在重庆通下水道时意外离世，之后每年我们都会亲临坟前化一把纸钱放一串鞭炮，以示敬意和缅怀。祭品和礼物我们都在村里的小铺里购买，价钱并不比城里贵，还能照顾点生意，我们也觉得心安，毕竟他们在穷乡僻壤支个铺子实在不易。

　　铺主也是一位远房堂兄，当过兵见过不少世面，人也乐观,可惜前几年出车祸伤了腿,行动很是不便。挑选礼物时,我们也会算上他一份。礼物都不贵,一瓶酒或者一桶食用油,不费事。

小弟刚出来工作时没买车,我们去老家须早上出发,中午用餐就在乡亲们家里。乡亲们非常热情,常常早早煮好饮食满村子吆喝。能去到某家吃一碗饭或者喝一杯茶,他们就特别开心。其他没轮上的,总会带着责备的口吻说些玩笑话,还免不了一再叮嘱下次该去他们家了。有时天气不好,我们会在裤裆湫住一夜,轮流上门吃一碗甜酒汤圆或者两个荷包蛋。第二天返回时,有的人家还会送一些鸡蛋或者一只土鸡,真情难却。

小弟买车那年,大姑因脑出血突然去世了。她也是在裤裆湫长大的,上了年纪的乡亲们都认得她,知道她对我们这些娘家人特别好。每次离开裤裆湫时,他们一听说我们得赶去大姑坟前烧纸,就不再挽留我们吃晚饭或留宿了,都晓得那是我们必修的功课。

堂兄的铺子开在村头一个叫巷子口的垭口上,非常当道。一到年节,铺子里便挤满了打牌、摆龙门阵的乡亲们。裤裆湫其实是双岩村的一个自然村,或者说一个生产队,原本近两百人,随着时代的变迁,外出安家的年轻人越来越多,有的连老人家也跟着出去了,很多老房子都不在了。留在乡下的人家也大多在城里购了商品房,以方便孩子们上学,平日里更见不到多少人下地干活了。但一到春节,巷子口还是挺热闹的,除了行动不便的老人和仍在城里上班的年轻人,大家都会聚集于此。因此,那些早年失去联系的同伴一旦见了面,大多会彼此加上电话或微信,尽管日后未必经常联系。

在我们二十世纪七十年代初出生的这批人中,就我和老夏上过高中,算是村里的文化人,当年人们都曾寄予过厚望。而眼下,同伴们的生活状况并不比我们差,且大都成了家,有的还经营着或大或小的生意,据说资产过千万的都有。但其中有一个叫阿顺的,至今仍孑然一身。阿顺有两个姐姐两个哥哥,当年他们家劳动力特别强,农业生产搞得好,谁也没想到他成了我们那批人中唯一没结婚的。后来我才听说阿顺有夜盲症,俗称"鸡摸眼",一到黄昏鸡进笼时看什么都迷迷糊糊。最为要命的是这种病会随着年龄的增长而加剧,以至于最后全盲。

阿顺全盲已有好几年了。据说他父母去世后大哥也走了,姐姐们和二哥都去了别处安家,三通旧瓦房早已垮塌,眼下他住在政府为他新盖的两间小砖房里。白天他会来铺子里坐坐,抽烟晒太阳,听人家打牌,有时也说说话。晚上他便早早回了屋子,没有谁知道他是如何独自待到天亮的。尽管天亮与不亮于他意义不大,但我想,他肯定是不喜欢黑夜的。

我无法想象一个双目失明、头脑正常的成年男人有着怎样的内心世界,尽管我的二弟九岁那年也因病全盲了。但他一定比阿顺生活得快乐。他早年学了算命的手艺,结了婚,住在城里二十多年了,一到春节忙得跟我们打个电话见个面的时间都没有。当然,他也喝酒、抽烟,不那么忙时还会回裤裆揪走一走,领一些退耕还林费、农业补贴款和其他救济什么的。而阿顺是因为眼疾慢慢失明的，有一种从希望到绝望的过程。可我每次在店铺里见到他时，他竟然都是若无其事的样子，甚至还会跟我开几句玩笑。

到了铺子里，我第一个散烟的便是阿顺。他乐呵呵地接过烟，喊一声我的小名，然后问："福生，没把娃娃带回来耍？"我说大的来了，小的没来。他说："也该带来耍哈嘛，反正有车了。"我说车太小了坐不了那么多人。他说："你还没买车哟？买一个嘛，又不贵，现在哪家哪户没车啊？马路又不是修起来晒谷子的？现在也没得谷子晒了，狗日的，田土都荒球了！"我说是哦都荒球了，去我老汉的坟边都找不到路了，漫山的茅草。

一说到我们家的祖坟，便会有长者冲着我们摇头，说你妈的坟就在马路边啊，一个土堆堆为啥子不弄几块石头砌一下呢？为啥子不立一块碑呢？哪个风水先生都说那是一棺福地啊，看你们三兄弟多有福气哟，再不垒垒，你妈的骨头都被山水（洪水）冲出走了。

每每这时，我和小弟都会点点头，都觉得真是亏欠了母亲。母亲四十一岁就走了，我们却总说没空，总说等哪天有时间了就把她的坟好好垒垒。

在裤裆湫，除了我父母的坟，还有我爷爷奶奶以及其他祖先的坟。它们分散在村里的坡头或坎下。待我们一一拜祭完毕，整个村子差不多都走遍了。村子里那些人家、沟壑、溪流、山路甚至每一棵树，都在脑海里留下了深深印迹。我常常站在老屋前的芭蕉林里，望着一年比一年窄小浑浊的驴溪河，在远远近近的爆竹声中，想象着，要是能坐在自家屋内喝一口热水吃一碗母亲做的热饭，该多好啊！这老屋是我二十一岁那年从深圳寄钱回家重建的三间平房，它经历了由草屋到瓦房再到平房的过程，见证了整个裤裆湫数十年的变迁，成为中国西南乡村的一个缩影，目睹了一个又一个悲欢离合的场景，蕴藏着数十年来的情感。是的，这里断掉炊烟快二十年了，门前的芭蕉林一年比一年茂密，芭蕉林前面的小路杂草丛生，屋旁的草树结着黑黑的壳，屋后的自留地已被别人种着各类蔬菜，长势喜人却又绿得令人难受。每年烧完最后一把纸，我们都会来到老屋前站站。如今，我和小弟都成了两个孩子的父亲，但站在老屋前，我仍然能听到他呱呱坠地的哭声，仍然能想起他小时候赤着脚光着屁股在竹席上打滚，仍然能闻到过年时母亲在灶屋炒肉飘出的香味，仍然能记起父亲把洗得白白净净的瓦衣往竹竿上一晾然后坐在街基上裹叶子烟的样子。小弟大学毕业快十年了，这个七岁失去母亲、十五岁失去父亲的孩子，看上去比我还结实，有着一份别人看来还算体面的工作。作为榜样，他曾多次激励着村里的后生走上人间正道；作为一名急救科主任，他在日夜操劳中挽救了一个又一个生命。

　　离开老屋时，一位乡亲帮我们在草树下照了一张合影。这是一树陈年稻草，这个叫裤裆湫的自然村年轻人越来越少，稻草也会越来越少。或许明年，村里就见不到草树了，因为在它的北面，港前大道即将通车，而东南面，一条在建的高速公路也将飞架驴溪河直通重庆。种种迹象表明，我们的出生地裤裆湫，这个原本离县城二十公里的地方，在不久的将来必定面目全非，那巷子口的百货铺，将不再是人们聚集的场所。他们将去往哪里？广安？重庆？成都？东莞？深圳？我不知道，估计他们自己也未必都知道。

从裤裆湫到大姑所在的石桥长堰公墓尚有十来公里，小弟说还得赶回邻水值晚班。天色近晚，纵有万千不舍，亦须再次向自己的出生地作别。

从裤裆湫到长堰公墓有两条路，一条是经三台办事处过观塘镇和护安镇走广前路，一条是经石莲办事处过石伏寨和杀人坡走无名小路。小路近，但崎岖不平，岔路多，连导航都用不上。见天气好，我们选择了小路，一路走一路打听。车过石莲后，因修港前大道，路被乡亲们指错了，车差点开到渠江大河边。

记不得这条乡村公路建好多少年了，也记不得有多少年没经过这里了。这些村庄和田地早已面目全非，路人不识我们，我们也不识路人。我摇下车窗，一路走一路看去。乡下的人家正忙着贴春联，挂灯笼，置办年货，热闹喜庆。路上的行人大多着了新装。年轻的，做了头发，穿戴时尚，面带笑容，有的往家里赶，有的朝城里去。年老的，这里看看那里望望，面对突然热闹起来的村庄表情复杂。一些路段过于狭窄，转弯抹角时得提前亮灯鸣喇叭，以提示前方的车辆早早靠边让路。据说，自从比亚迪入驻广安后，当地人购买电动车的价格更为优惠，不少农户都添置了轿车，而更多的小车则来自外出归家的年轻人。开车回家过年似乎已成为乡下人的习惯，走亲访友既方便又时尚，从某个角度看也算一种身份和象征，好像小康生活不知不觉就这么实现了。

车到港前路石堰段，在公墓入口，路旁停了长长的车队。起初，我以为车主们是去拜祭先人的，上去一看，却是公墓附近一农户正在摆坝坝席。从车牌可以看出，吃酒的客人来自四面八方，酒席不仅摆满了院子，连前后五六百米的小马路都被占用了。过年了，外出的人都回来了，这办夜席的主人想必是依了老规矩，第二天有女儿出嫁或新媳妇过门。

大姑走时六十岁刚过，挺年轻的，而且特别突然，每次去拜祭她我们都特别伤感。而这一次，或许因了这热闹的酒席，我们和孩子们不再那么悲伤，毕竟她是一个特别爱热闹的人。如果她知道我们的生活正趋于安稳，知道这附近的人家正操办着大喜事，也应该挺开心的。

从大姑墓地返回时，客人们仍未散去。穿行在酒桌间，我企图找到大姑父或某个表兄甚至他们村里的人打个招呼，最终却谁也不认识。

从长堰公墓回到城北，小弟给老表们打电话，说吃过晚饭了，刚给大姑烧过纸，正准备回邻水呢，年后再去给姑父拜年。老表们都说正在城里吃酒，年前年后请客的特别多，如果真的忙，年后再聚也行。

送走小弟后，已是夜里九点过。这是一个特别晴朗的春节，天气温暖，我没立即上床休息。我站在窗口边，看老街那些红红的灯笼和彩灯。全城禁放烟花爆竹，夜出奇地安静，除了灯笼和彩灯，这老街上似乎再难以感受到过年的其他气息。

我就想，这城里的年味儿真不如乡下有意思。

第二天有位远房亲戚八十大寿，还有一位远房亲戚嫁女儿，我们得去吃酒，且全家出动。在城里吃完酒，我该去西溪河边看看了。那河两岸有许多茶肆，是个休闲的好地方。若能顺便叫两个同学出来聊聊天晒晒太阳，好好感受一下广安的慢生活，这个春节倒也别有滋味。

从酒楼到茶肆

从枣山老街到西溪河五福桥，不过两三里，下一个码石梯的坡就到了。枣山被开发前，没专门的班车上去，很不方便。近些年里，随着广安城向西南方向延展，加上火车南站的建成以及客运中心西迁，枣山片区高速扩张。目前，虽然各小区的入住率极低，人气未旺，但来来往往的公交还是挺多的，甚至还有两班免费看楼大巴，而商场、学校、医院等配套设施也在加紧建设中。

回到故乡，若距离不是太远，我喜欢步行，走两小时都没问题。所以每次下城南，若无急事，我都步行。

在老家吃酒席，特别是红喜，一般全家老少都会去，人去得越多，主人家越开心。年末岁尾，办酒席的特别多，特别是过寿的老人爱把生日推迟，以便大家到场祝贺。

腊月二十八，这天日子好，喝两台酒，全家人得分头行动。两个孩子跟着我们去了城里祝寿，两位老人则去了乡下喝喜酒。酒席太多，酒楼里的生意格外火爆。我们用餐的地方原本是广安城南老客运中心,空置一年多才被人租下简单装修成专门承办宴席的场所。席摆在大堂里,看上去一百多围。大堂中央搭了红色走廊。走廊直通舞台,舞台被装扮得很喜庆。乍一看,我以为是老寿星的后人请了表演团队把排场整得这么洋气,临近用餐时突然涌进一对新人,我才知道这里的大部分酒席是别人家的婚宴。

婚宴和寿宴在同一大堂举行,我还是第一次碰到。这也是我们吃得最喜气的一次寿宴,整个过程都伴随着婚礼庆典,现场的年轻人和小孩子还得到了新人的红包和糖果,也不管你是哪家的客人。

这样的场面上会碰到许多乡亲和久未来往的亲戚。大家说着客气话,举杯话旧。在深圳我一般不喝酒,回到家里几乎全是重口味的大菜,多少会喝点。待在家里的日子实在太少,很多人即便上次作了自我介绍,一时也想不起对方的姓名或辈分。人家见我跟孩子们坐一起,大多能叫出我的名字或姓氏,这常常令我举着酒杯不知所措。

那天的客人实在太多,加上孩子们爱热闹,一场酒吃了近两小时,吃到尾声我竟然生出些困意,便特别想去西溪河边坐坐。出了饭厅,孩子们跟着母亲去了商场添置衣服,我便朝河边走去,边走边给要好的同学打电话。

但大家都很忙,有的在打牌,有的在走亲戚,有的在钓鱼,有的准备过年,有的在上班,有的仍在酒桌上。

约不到人,我只好独自去河边。来到二号桥下面一茶肆坐下,小二说春节茶水涨价了,每杯加五元。我觉得实在是贵了，不如就在河边转转，看看人们悠闲自得的样子。

午后的阳光真好，落在河面上金灿灿的。沿岸的柳条儿仍枯着，一阵暖风吹来依然轻柔。我走在河堤上，突然想起一个人，一个远嫁他乡的小学同学。

已经三十多年没联系了，也就想想。

有那么一阵子，我盯着河面上微微起伏的波纹，突然看到一只白色的大鸟叼起一条银光闪闪的小鱼，便觉得小学同学或许就坐在某张茶桌上，正品着香茗，嘴角挂着弯弯的笑。

我抬头望了望偏西的太阳，也笑了笑。

我知道，一年之中甚至一生之中，这样的时光是不多的，至少不是常有的。冬天即将过去，阳光暖得令人昏昏欲睡，时间如西溪河里的水缓缓流淌，如此地慢，如此悠闲。

这或许是一生中最为美妙的时光，而微醺之下，偏偏还想起一个人。

这种美妙忽而又夹着些许感伤，或因她确实不在这滚滚人群之中，确实难以想象出她目前的样子了。

那整个下午我就漫步在西溪河畔，直到夕阳没入兔儿山公园。

兔儿山公园在码石梯北侧，离枣山老街两三里地，原本也是一处公墓。现大部分墓地已迁走，因其在枣山与城南之间，倒成了人们爱去的地方。我望了一眼公园里的亭子，晚霞的余光落在亭子里，落在漫山遍野的花木间，落在脚下的迎宾大道上。

天色近晚，我该回家了。晚餐准备得差不多了，孩子们正等着呢。

　　路过公园时，我还是去较近的亭子里坐了一会儿。从亭子里看城南和西溪河畔的晚景，那些楼，那些树，那些人，那些路，那些陈年旧事，时而清晰时而迷糊，时而亲切时而疏远。我知道，若干年后，甚至明年或者后年，我就会回到这座小城长住。那时候，我还有这般心境看着它们发呆吗？

　　从公园回到老街，天色已晚。小巷的铺面大多关着门，门前亮着灯笼，唯有棺材铺除外。棺材铺前的棚子仍敞着，对门的灯光落在尚未上漆的棺材上，发出幽幽的光。

　　我在巷口站了站，突然听到一声咳嗽。一位老人戴着黑色大帽坐在棺材铺对面的灯笼下，双眼似闭非闭。我在老街就待了这么几天，除了火山村的原住民，其他几乎都不认识。我叫不出这位老人的名字，猜想也是跟着做灯笼生意的儿子从乡下来到了镇上吧。这些天里，无论早上还是晚上，他都独自默默坐在那儿，有时盯着门口刚上过黑漆的棺材，有时望望头顶的红灯笼，从不跟人打招呼，也没人招呼他。隔壁刚走了一位老人，他成天面对着棺材铺应该是有不少思虑的，但我难以揣摩到他在这个冬天具体而真实的想法。

　　或许，他啥都没想呢。

　　灯笼铺的门突然开了，屋内传出阵阵麻将声。跟前几天相比，里面的大红灯笼明显少了。那些码在屋子里的灯笼有新有旧，我猜想，旧灯笼应该是出租了，那满大街的灯笼就有不少是从这儿搬出去的。新灯笼有出租的，也有各家各户买去挂在屋檐下的。于是我记起来了，以前在火山村，春节期间也有不少人家挂灯笼，那些有钱人家，大灯笼在屋檐下挂一排，从小年挂到元宵节，特别显眼。

看样子，这灯笼铺跟棺材铺一样，都是老街的老字号。老街破旧，年节或当场天人气却很旺，东西比小区门口新开的门店或城南超市都便宜一点。小贩多为附近失地农民，挣点小钱过小日子。据说其中也有少量外地来的，比如拐角处批发水果的山西人，街中间卖小笼包的湖北人，十字路口蒸白馒头的河南人。这些人不知何时远离家乡来到了广安，也不知还能在此营生多久。如果有一天这老街也像深圳的城中村一样突然消失了，他们是否也会像我们一样回到故乡或者流落别处呢？那湖北女人的小笼包特别地道，多年前我就吃过，肉鲜皮薄，香嫩可口，孩子们也很喜欢。如果他们真的都消失了，这些街坊邻居怕就少些口福了。

当然，广安人似乎不缺口福，比如英雄会、麻哥面、顾县豆干、邻水小面、中和豆花、暗桥米粉、鸳鸯蒸饺、椒盐桃片、邓家盐皮蛋、香辣串串螺、香脆小麻花、武胜凉粉锅盔、五福桥五香豆豉等地方特色小吃，在脑子里一闪你都可能流口水。如果你去西溪河边或者城北人工湖广场喝两次坝坝茶，见到的风味小吃会更多。

成都的茶馆特别有名，但重庆及川东北一带，似乎坝坝茶更受大众喜爱。只要地段空旷，天不下雨，大家不忙了，便有人邀约三五坐下来喝茶聊天。喝坝坝茶没啥讲究，大玻璃杯里随便搁点茶叶，旁边一个热水瓶，自饮自冲。一瓶水冲完了可再来一瓶，从天亮喝到天黑都行。

腊月二十八这天，我在西溪河畔转了几圈，最终未曾坐下来喝上一壶，难道真是因为涨了五元钱吗？事后想想自己都觉得好笑。

接下来三天，我们便忙着挨家挨户吃团年饭。至亲一般都会年前聚一次年后各自再请一台，七大姑八大姨的则在年后聚，各家各户轮流转，席连席酒挨酒。亲戚如水流，如果相互间不走动或少走动，感情就淡了，就没得啥子意思了。

当然，春节回到广安，除了走亲戚，另一项重要的事情便是同学聚会，这似乎已成为中国当代成年人的固定活动。

从甯家公墓到道台院子

若不是近几年有了微信，估计至今我仍不清楚同学们的下落。我没上过大学，同学不算多，常联系的也少。

加入同学群后，才知道大家每年春节都会聚聚。有按小学、初中、高中聚的，有按年级、班级聚的，也有按文理分科前后同班聚的，还有按兴趣爱好、业务范围、职业类别聚的。我一般就参加其中一两次。

据说某年某次，有人开了个玩笑，有人信以为真，场面有些尴尬。那次虽不在场，但事后也尽量避开类似的话题，能推的尽量推掉，能正经说话的时候尽量不讲笑话。年纪越大，忌讳越多，事事爱出风头抬杠子喝不喝酒都牛哄哄老子世界第一中国第三终归不是好事，自以为是其实挺讨人厌烦。人生本无趣，若再说长道短是非不清横空出世无中生有就更无趣甚至无聊了。当然,这种状况也常常发生在别的场合。

文科班的同学会还是挺有趣的。文科生多愁善感,有文艺气息,开起玩笑来大方洒脱,男女比例悬殊较小,有班花,还有校花,值得回忆的趣事也更为丰富。大家见了面,除了喝酒、打牌、谈生意、论时事,更多的是尊师重友,平视苍生,再话沧桑,把情绪和宣泄展露在吹拉弹唱的节目之中。吃喝玩乐的费用"AA"制,无须某位大佬做东,开心随意,无拘无束。有同学笑言,凡大佬买单的聚会最好别去,整个酒局围着人家转,他妈的真没意思,不如在家里喝点稀饭。

年后,我跟文科班的同学见了一面,同往年一样,从初三下午持续到晚上。返程票订在初四下午,我在家待的时间实在是短。年后三天如何分配,每年我跟妻子的意见都难统一,因为双方的至亲都要走动。一般情况下,年初一一大早得去她爷爷奶奶坟前烧纸,然后给家族里的长者拜年,下午带孩子们去城里玩。初二走外婆,外婆不在了就走舅家。我母亲四岁时就成了孤儿,外婆那边就几个远亲,离得也远,实在没空不去也说得过去。我父母都不在了,初二真正得去的是大姑家,那算是我这边最为重要的亲戚了。我父母走得早,大姑生前对我们兄弟的帮助特别大。姑父尚在,中风后身体一年不如一年,去看一回就少一回了。

年初一一早,吃完糯米做的元宝,约上妻家兄弟姐妹,带着自家孩子,我们浩浩荡荡向甯家沟走去。

甯家公墓是近几年才由枣山园区规划出来的当地村民自行管理经营的公墓。墓主多是从各开发区迁葬过去的,其中就有不少火山村人的祖宗。后来,邻近的村民去世后也多埋葬于此。近些年广安的殡葬管理不再生搬硬套,根据家属意愿,一些年纪特别大的老人尚可土葬,比如老街棺材铺斜对面刚去世的那位老太婆就是按传统方式土葬的。

甯家沟偏远荒凉,公路崎岖,年节时停车困难,我们一般选择步行过去,单程一个半小时可到。

从老街出发,沿着小平大道北行,到改革开放大道路口左拐进入石谷村,然后爬一段坡,过一个小庙便到了砖瓦厂,最后再走一段山路拐两个弯下一个坡就是甯家沟了。甯家沟与西溪河之间还有一条更为险要的唐家沟,沟上因小平大道而架了一座气势恢宏的大桥,以献礼小平同志诞辰110周年。唐家沟大桥以北便是小平故里核心区域协兴镇,步行大半个钟可到小平故居。

巴蜀文明源远流长,川东广安人杰地灵,文化底蕴深厚,单就这甯家沟沿路,我就发现了数十具修建公路时被挖出来的石器。有的是古墓石,比如石棺、石碑等;有的是日用品,比如石缸、擂钵、碓窝等。我对古物没什么研究,甚至对小时候在农村见过的一些老东西都叫不出名称了,毕竟离开家乡三十年了。但我对这些石器还是挺好奇的,我把它们拍下来放在朋友圈,立即有同学留言说可联系川东民俗博物馆的朱馆长,他们道台院子或许用得着。我看了看照片上的石棺和墓碑,觉得大年初一跟人家说这些似乎不太合适,毕竟人家除了搞文化也经营别的生意。

这天天气不错。从甯家沟出来,我想再去川东民俗博物馆也就是道台院子看看。去年春节我去看过，是阿全开车去的，还顺道参观了小平故居，并在其铜像前留了影。今年阿全一家四口于腊月二十七去了贵州，因为他妻子是贵阳人，得轮流着去娘家过年。这就像三叔家的两个女儿远嫁他乡一样，每隔一年才能回一次娘家过春节，然后没几天他们又赶着去别的地方打工了。

从改革开放大道南路口到小平故居只有一班公交，但正月初一这天给小平同志拜年的人实在太多了，本地人爱去，外地人也爱去。或许只有到了小平家乡，你才能真正感受到普通百姓对他由衷的敬重。出门在外，我一提起自己是广安人，便有朋友说去过广安或者一定要去广安看看。我想，随着广安（深圳）产业园的建设，随着入驻深圳"第十二区"的大型企业越来越多，去广安旅游和工作的外地人特别是深圳人也会越来越多。

大年初一这天中午，因为塞车我们没叫到去协兴的滴滴，最后决定先去火山村被推掉的老屋看看，然后去二叔家吃午饭。

火山村临近小平大道的两户人家仍在，旁边的村委办公楼也在，楼前的国旗在春天的阳光下迎风招展。在火山村委与城南之间，除了西溪河便是熊家沟。我们家的田土大多在沟里，那些养育过数十辈火山人的熊家沟，大部分已被渣土填埋。而我们先前的家以及十余户人家就位于火山庙坎下，原本的乡村马路两旁荒草齐人，雪一样的茅花漫野开放。我坐在被推土机掀翻的堂屋处，一边抽烟一边回想着新房落成的第一年回家过年的情景。那时大女儿刚好是现在小女儿的年纪，我帮她买的小书包恰好被压在妻子脚边的一块砖头下面。走了长长的山路，抽了大半包烟，这时我想喝一口水，但水缸已破裂，水井已被城里运来的渣土深埋，满地枯落的柚子已经霉变。我从砖堆里起来，望着春天里的城南和越来越近的枣山新城，再回望一眼身旁熟悉的日常用品，干涩的嘴唇突然裂开一条口子，我舔了舔，有点咸，是血的味道。

妻子说想喝水得去二叔家呀，人家都打电话催好几次了。

二叔是个老石匠，近些年一直在工地上打线槽搞安装，很是劳累。加上前两年为盖这栋三层楼的房子借了些钱，生活更为艰辛，体力也一年不如一年，六十不到已满头白发。

刚一落座，他就笑着跟我算账，说这房子要是拆了会落下多少钱。说到最后他又觉得还是不拆的好，说这附近都在建小区了，贵族学校就有两所，其中一所已开始招生，另一所就快建好了，连市中医院也快上马了。他说，×他妈不得了哦，好凶哦，老子不拆才安逸呢。

拆不拆不是二叔说了算。目前他们村部分房子还在，不拆有不拆的好，至少走累了我们还可以过去歇歇脚，看看奶奶的遗像。奶奶如果不走该九十多岁了。那照片是她生前特别选了个好天气穿了新衣服梳了头发去老街照的。奶奶走时，我的小女儿尚未出生。奶奶走后的头几年，那彩色遗像就挂在我们家堂屋里，崭新蓝土布衬衣，满头银发，目光依然炯炯有神。我们家的堂屋坐北朝南，正对着日新月异的广安城。我每次从深圳回到家里看着奶奶的遗像，总觉得她并未离开火山村。她就那么被挂在墙上，一直注视着家乡的变化。后来房子拆了,奶奶才被"请"到了二叔家。

我站在二叔家堂屋里,望着奶奶想,如果哪天二叔的房子真拆了,你去谁家呢?这么想过之后,我又觉得奶奶已经去了一个好地方。她不正躺在甯家沟吗?那里山清水秀,空气清新,可比城里的哪个小区都舒服。

当然,并不是所有的老人都排斥城市生活。我记得在火山村,有好几个女人过世的老头子都喜欢往城里跑,即便当时公路未通。他们说城里有酒喝,有牌打,有好多外地过来的胖女人。如今,他们有的过世了,有的已住进了城里。每次到了城里,看着满大街的老头子老太太坐在银行门口乘凉或者坐在绿化带旁边晒太阳,我就会想起火山村的刘毛病、夏老头和王老头。他们特别喜欢跟我聊天,也能叫出我的姓名,偏偏我就记不住他们的具体名字。

在二叔家吃过午饭,下午,我们便带着孩子们去了城北人工湖。那里有一个大型游乐场,他们特别想去。城北人工湖就像城南国际商业中心,是全市最为繁华的片区。人工湖人山人海,深圳很多地方也人山人海,比如市民广场、凤凰山上,味道却完全不同。在这里,老人们一溜儿坐在花圃围基上晒太阳,有的拄着拐杖独自打盹儿,有的有说有笑摆龙门阵,有的则铺开象棋拼得你死我活。年轻一些的,有的唱着红歌跳着广场舞,有的领着孩子围在小吃摊前,有的手牵着手在梅林里玩自拍。但更多的男男女女则去了广场中央,坐在茶肆前,三五一桌喝坝坝茶,打牌聊天,充分享受着春天的第一缕阳光,释放着旧年的疲惫与操劳,并展望着新年难以估算的生计。毕竟，作为一个多雨多雾的城市，这是一个难得的特别晴朗的大年初一。

天色已晚。孩子们玩完"遨游太空"和"空中秋千"就该回家了。游人实在太多，公交车非常拥挤。我站在车门边，路过城南国际商业中心时，感觉像是坐在了旋转木马上。节日里的人们把永辉超市和摩尔春天的门口围得水泄不通。五花八门的摊点，五颜六色的玩具，五彩缤纷的衣着，五光十色的街景，如一幅幅幻影在眼前起伏、流动，真实而又缥缈，与繁华的大深圳几无区别。然而，当我下车来到老街巷口，再次见到棺材铺对面坐着的老人时，再次望着黄昏里早早亮起的大红灯笼在微微春风中摇晃时，再次看到租房斜对面那块老旧的"枣山镇文化站"牌子以及镇政府门口"欢迎民工回家，支持回乡创业"的宣传标语时，我又分明觉得，年后不久，这城市里的大部分中年人和青年人都会跟我一样背井离乡踏上"归途"，这短暂的繁华于当地生意人来说犹如一场春梦。当然，我们的目的地未必都是深圳，但当别人再次问起我们来自哪里时，除了小平故里，或许就多了一种新说法：深圳"第十二区"。

大年初二我去了城里几位亲戚家，真切感受了一番他们定居城市后的生活，也走访了好几个小区和工业片区，还特地给回家开制衣厂却苦于招不到工人的老同学打了个电话。面对越来越多的建成和即将建成的城市新区，我无法想象广安的未来。当我在现实或网络上发现无数类似于"发挥'小平故里和紧邻重庆'两个优势，擦亮伟人故里、川东门户、滨江之城、红色旅游胜地四张名片，抓项目、抓政策、抓资金，加快建设川渝合作示范城市、嘉陵江流域国家生态文明先行示范区、现代农业示范基地、红色旅游胜地"的宣传口号和标语时，手心是捏着一把汗的，为自己，也为更多的父老乡亲。

然而，大年初三与一帮高中同学和老师在川东民俗博物馆相聚后，我对广安似乎又有了新认识。此为后话，我先说说大年初二。

作为医生，小弟在春节特别忙，初二早上来广安之前，他说想和老夏见个面。老夏的大女儿毕业后也在邻水一医院上班，说起来他们也算同行。于是我赶紧给老夏打电话，叫他早点下来，咱们先去官盛新区转转，那里将来会成为广安最为繁华的地区，已号称深圳"第十二区"。老夏说他已经出发了，正堵在天池高速入口，进城的人实在太多，正准备给我打电话呢。

小弟比老夏后出发，结果也堵在了同一路段。中午，他们几乎同时到达枣山。十多年没见面了，哥几个应该好好聚聚。刚开年，营业的饭店很少，好不容易有一家开了门，却正在操办酒席。我进去一问，店主说多办了一桌，优惠点，四百八十元可供十个人用餐。我正准备订餐时，老夏他们就到了，都说赶时间啊，好几个地方等着吃饭呢，我们站站就走。于是我就跟他站在广三中门口，一边抽烟一边聊天。他烟瘾挺大的，或许常年待在井下跟煤炭打交道吧，脸黑，牙齿黑，深深的皱纹里似乎还有煤灰，近二十度的天仍穿着外套和毛衣。他拍拍我的肩说："他妈的，你也老球了哦！"

是的，我们都老了，年一过都四十六了。我不知道他在煤矿具体干多少年了，他小女儿刚上高中，特别像她妈。老夏的妻子是天池人，我第一次见到她时，也是十六七岁的样子，不爱讲话，爱笑，不知现在长成什么样了。

"狗日的时间都去哪儿了呢？过得真他妈快啊！我得去裤裆湫老汉家吃饭，催好几次了。没开过车的人哪晓得堵车的苦哟！"他这么说着，一吐烟头，这位十多年未见的老夏便跟我和小弟告别了。

老夏走后，小弟说："有同学正等着吃饭，午饭后你下城，咱们一起去大姑父家，晚饭后我还得赶回医院值班呢。"

我没挽留他们。在老家过年，最难应付的就是饭局。

晚上，跟大表兄告别时，表妹夫又一再强调初三中午得去他家吃饭，新年大节的不能水都不喝一口，我口头上答应了。

初三这天，电话响个不停，三亲四戚都叫我去吃午饭，便索性全都推了，自个儿在家煮了两碗地瓜粥。

下午的同学聚会是不应推的，毕竟还有多位从外地回来且毕业后从未见面的，其中有从部队退休的，有二十年前已落户深圳罗湖如今把公司开在广州或东莞的，还有远嫁他乡好不容易回娘家过年的，怎么说都该见上一面。

我喝完两碗稀饭，刚出巷子，便见老街上有一户人家正在为老母亲办八十寿宴。或因亲戚们都太忙了，到场祝寿的并不多，也就十来桌。宴席就摆在马路边，门口搭了个戏台子，大马路被人围了一个长长的圈子。这些人既有刚喝完酒的客人，也有路过看热闹的。反正都是耍日子，于是我也挤了进去。

演戏的都是民间艺术家。这种草台班子在乡下是越来越吃香了，红白喜事都能见到。如今乡下人到了城里，住的地方不够，仍有不少人家想方设法扯场子，哪怕把台子搭在马路边大街上甚至安置房小区里。

同学聚会约在下午四点，时间还早，我想，就看三个节目吧。

第一个节目是说一个老太婆养了很多子女，被吃"轮供"，就是按月接受孩子们轮流供养。老太婆弯腰驼背的，拄着拐杖背着背篓，一把鼻涕一把泪控诉着儿子媳妇们如何"弯酸"刻薄，女儿如何孝顺。于是我就想，这老寿星应该没儿子吧，弄这么个节目是在唱女儿的赞歌呢，这酒席一定是女儿家帮她办的，不然主人家和客人看了都会不高兴的。因为有一次我也看过类似的表演，好像是说儿子如何的好，女儿如何不孝，因为那家主人只生了三个儿子。

第二个节目更有意思。一个肥肥的浓妆艳抹的女人领着五六条土洋结合的杂毛小狗来到台上。女人自称狗妈妈，说自己养了一群不听话的孩子，要狠狠教训它们，得教会它们干活做家务、表演节目。女人嗓子沙哑，言语粗俗，动作夸张，表演大胆，不时逗得观众们哈哈大笑。看着这个俗气而又鲜活的节目我又想，其实这种草台班子也未必全得讨好主人，只要观众肯笑，肯鼓掌，能受到教化，他们就怎么演。

第三个节目主持人说是印度舞，我觉得没啥看头，正欲挤出人群时，一阵热烈的掌声又把我的目光吸引到了台上。经过简单喷绘的舞台背景前面，站着三个非常漂亮又不失性感的女人。谁在这种场合不会鼓掌呢？谁又舍得离开呢？连过路的司机都摇下车窗伸出了脑袋，任由后面的车辆不停鸣笛。舞可能跳得不怎么样，但演员确实漂亮啊，我便继续看了下去。可别说，这些女演员可是经过舞蹈专业训练的，热烈、火爆，笑盈盈的脸上春风荡漾。是的，她们肯定全都来自艺术院校，哪个班子有活儿就去跑场。我记得那年大姑去世时，表兄们请的戏班子里就有好几个川剧学院的高材生，其他成员也大多来自不同的艺术院校，艺术水准还是挺高的。在我看来，这些台上跳印度舞的女演员，其水准肯定会超过大部分深圳满大街那种庆典、晚会上类似的节目。不知是谁说过，沿海地区搞文艺的，大多是因为在老家混不下去了才出去的，如果你能在家乡占有一席之地，又何苦远走他乡到处凑热闹费力不讨好？这话未必全对，似乎也有些道理。

看完印度舞，我也该去西溪花园与同学们会合了。

五福桥以北，西溪河东岸，有一条半边街，名曰耍街。耍街好耍，这在广安城是大家都晓得的。如何耍法呢？白天喝茶打牌，晚上喝酒唱K，娱乐休闲很是丰富。广安城扩张迅速，类似的休闲场所很多。耍街对岸要山有山要水有水，人气却不如城北人工湖和城南国际商业中心旺，显得有些高冷。但同学们聚会的茶楼生意却不错，这或许因了大年初三这个较为特殊的日子吧。

我到场时三点刚过，大部分同学都来了，围在一起喝茶聊天，气氛热烈而融洽。大伙儿介绍我时，都会扣上"作家""文化人"的称谓，我就心虚地笑笑。大凡生于二十世纪七十年代初的人，无论从事什么职业似乎都小有成绩。仕途有一帆风顺的，身价有过千万的，公司有开三四家的，头衔有五六个的，离婚也有三四次的，当然，孩子大多就一两个，极少有超过四个的。

自我介绍时，大家都特别低调，之后再由知情人士夸张地补充，以活跃气氛。下午四点时，人基本到齐了。我粗略估计了一下，全场就我这个"作家"至今仍"成人大专在读"，其他人都本科或本科以上了，而且大部分是通过复读上的全日制，在各自领域有着不错的成绩。

两小时后，大家决定去川东民俗博物馆所在的道台院子看看，那儿恰好离用餐的地方不远。

从耍街到道台院子也就二十分钟车程。天近傍晚，路况不错，我坐在一同学的大奔上，沿着云轨迎着晚霞，吹着故乡早春的暖风，看着熟悉而陌生的城市，听着降央卓玛的情歌，抽着软中华吐着烟圈儿，想象着近三十年来大伙儿都经历着什么，有着怎样的变化。

道台院子我先前去过两次。第一次刚开始动工，一些残垣断壁尚未清理。第二次有些样子了，主要建筑已恢复完成。而这一次，离正式开放仅有七个月，怎么看都觉得挺有意思。

在此，我简要介绍一下这一毗邻小平故居而"幸免于难"的所在。

川东民俗博物馆（邓垦题匾）的主体系清乾隆年间山西河东兵备道道台郑人庆的故宅，俗称"道台院子"，始建于清康熙年间，占地八余亩，古建筑面积超过二千三百平方米,为三层两进院落,左右分别为后花园和祠堂,共四个院子、五个天井、一百零八道门。祠堂为四合院布局,前为戏楼,后为正堂。正堂面阔五间,左右为观戏楼。建筑系悬山式单檐屋顶,穿斗木结构,小青瓦屋面。该建筑无论用料还是工艺均十分讲究。周边配套工程占地二十二亩,包括停车场、商业街、餐厅、茶厅和民宿客栈。整个建筑极具川东地域特色,文化底蕴深厚。

川东民俗博物馆拟于二○一九年八月正式开门迎客,建成后集收藏、展览、体验、教育为一体,内设民俗文化展厅、广安乡贤名宦祠(马识途题匾)、清代道台制度展厅、地方名人书画厅、地方匾额陈列室、川工木雕展厅、袍哥文化展厅、明清瓷器厅等板块。博物馆将真实再现邓小平青少年时期生活场景,有着丰厚的爱国主义教育内涵,并将引导群众探索邓小平精神的广安基因、广安元素,从而成为大家参观、学习、体验川东民俗文化的首选之地。

我们的高中语文老师曾是一位特级老师,年近八旬,听力不好,但仍用普通话跟我们交流,声音依然洪亮。他说,在广安市协兴,曾出过两大名人,都得到了清朝嘉庆帝赐予其功绩的神道碑。一位是众所熟知的邓小平先祖、乾隆年间曾任大理寺正卿的邓时敏,另一位就是这宅子的主人郑人庆。关于郑人庆,三年前我闻所未闻,估计我们的大部分同学也觉得很陌生。道台院子能够"复活"并留存于世,自然离不开我们两位同学的倾力挽救和相关部门的大力支持。据院长朱建峰介绍,二○一六年六月,道台院子修复工程启动,至今其主体修复已完成百分之九十,是按照清中期川东建筑风格进行的原址修复,接下来将开展院落内部装修及布展,充实展品,搞好后花园建设。

天色近晚,院内红灯高挂,喜庆祥和。大家一边行走一边赞叹老朱和他的搭档和平同学的独特眼光。在全国各地大拆大建的今天,差点被拆除的道台院子能重获新生,这对于这两位企业家来说,得失似乎并不重要。

有那么一阵子,我们不再说话,各自走在院内的畔池、石桥、石坊、石溪、花圃之间,感受着时光的流动与天空的宁静。院内藏品大多是我们小时候常见的生活器具和农具,多年以后,在这样的夜晚重逢,既熟悉又陌生,既真实又虚无。而其中特别珍贵的藏品,比如乌木、佛头雕像等,则几乎全是老朱不惜血本从川东各地"找"回来的,其精神与毅力令大家叹服,觉得这于广安而言,至少成就了传承川东民俗文化的样板。

离开道台院子时,老朱深情地说:"我收藏的老物件不下万件,从没想到过卖。我最大的梦想就是办这个馆,然后把它们展出来,让子孙后代多明白一些,让我们的晚年生活多些向往和回忆。此外,这里还有一个袍哥文化展厅,后花园里会多放几张石桌、石凳,同学们在外漂泊累了就回来坐坐。这里是我们共同的家园。明年吧,咱们就可以不去餐厅了,就在这儿搭笼摆席,唱歌跳舞演戏都行。"

从古至今,多少风云人物皆成过往,能被历史记住的和留下来的老物件何其幸运?这个老院子,对于大兴土木的当下中国,有着怎样特殊的意义呢?

晚餐后，在回家的路上，车过法国风情街时，我的脑海里又浮现出了高速路口那个巨大的广告牌：广安（深圳）产业园，欢迎来到"深圳第十二区"。

回到老街的家里，已是午夜。老人们睡得浅，叮嘱我早点休息，明天还要挤火车去深圳呢。我看了看熟睡中的孩子们，再看了看这个年租金不足四千元的家，眼前飘过自己坐在火山村废墟上抽烟的样子。我真的不知道，年底回到故乡时，那些砖块和柚树，那些雪一样的茅花，以及出生地裤裆湫那树发黑的陈年稻草，它们是否还在。但我又想，那时的道台院子应该更热闹了吧，经过裤裆湫的港前大道应该通车了吧，网络上争论广安究竟会不会通高铁何时通高铁的声音也会更厉害了吧，我们的安置房地点也该定下来开始打桩了吧。是啊，无论我们走向哪里去到多远，那祖坟仍在故乡；无论故乡去往何处，终归走不出我们的心房。

离开深圳"第十二区"前往深圳宝安区的头天晚上，我失眠了。我在思考回到深圳后，新年的第一篇稿子该对故乡做何表达。经过近四十个小时的长途跋涉，我们终于回到了沙井。那些天里，我仍然在思考着那个问题，直到情人节的第二天晚上才敲下标题。

敲完这最后一个字，我得给大女儿去个电话，明天她就去学校报名了。

2019 年 2 月 20 日初稿
2019 年 2 月 24 日定稿

男人四十六

对我来讲,四十六岁是一个尴尬的年龄。

生日前一天恰巧周日,跟平常一样,我五点就醒了。妻子也醒了,她翻一个身说,多躺一会儿,火车上睡不好。

孩子们已放暑假。妻子决定回一趟家,她难得回一次家,这次有时间回去看孩子实属碰巧。上个月同事因小孩生病回老家,她咬牙拼到了几天假期。以前,基本上都是我暑假回家看孩子。大女儿高三了,我们无法回去陪读,但看看总是应该的,何况即将满五岁的小女儿又天天吵着要妈妈。每次她独自回家,我都会送她到广州转火车。这个习惯似乎成了一种仪式。

她这次回去整整两周,而我在单位用餐基本不开火。她担心冰箱里的肉菜坏了,头天晚上就交代我早上煮干饭炒菜饱饱吃一顿，因为火车站附近的饮食贵。我上班比她轻松，买菜做饭多由我干。我们搬来步涌不久，这里离她上班的地方近。不买菜那天，我便沿着步涌河走几公里，以保证步行时间不少于两个钟，每天运动量不小，多年久坐落下的毛病却未根除。

　　弄好饭菜，妻子仍在睡，我站在床前看着她，一只长脚花蚊子隔着蚊帐飞来飞去，目标明确却又无计可施。租房位于步涌市场与步涌桥之间，原本是工厂宿舍，二手房东稍加改装，一间宿舍便成了一房一厅。交通还算便利，但周围实在嘈杂，蚊子又多又饿，在电脑前坐一会儿或在屋子里站一会儿，你开着风扇它们也会顶风作案。

　　我的突然出现吓走了一群蚊子，但仍有一只壮着胆子在蚊帐外飞来飞去。我看看它又看看熟睡中的妻子，扬起的巴掌放了下来。我觉得应该放过这只蚊子，妻子正在睡梦中，我不能因为一只"图谋不轨"的蚊子而惊扰她。这么想着，我便轻轻带上房门回到厅里。

　　客厅实在是小，摆了电脑、沙发、茶几和鞋架后，两个人转个身鼻子就会碰到眼睛。更小的是厨房和卫生间。厨房深不足四尺，宽不足一米，炒菜时腰一弯屁股便会顶着墙壁，脑袋似乎也快掉进锅里了。好在妻子对饮食较为随意，一日三餐米汤泡干饭也能将就。卫生间搁两个水桶后，人一进去冲凉想转个身吧，屁股不顶着墙鼻子就会碰到壁子。而我们先前的住处空气清新，草木茂盛，在阳台上一望满目苍翠，唯一的缺点是房租太贵。

刚搬到这里时，我们很不习惯。但房子是我找的，她怎么埋怨都有道理。最令人不适的是卫生间比客厅高一步，有一次我洗菜切菜转晕了，脚下一滑咣当一声便摔在了地上。菜板落在沙发上，菜刀飞到了床上。幸好当时妻子不在家，床上没人，那菜板和菜刀顶多就砸死了几只蚊子。

房东是个江西人，三十来岁，看房时他一个劲儿说房间里啥都有，拎包入住。于是当天晚上我便叫诗人刘郎把大件物品搬了过来。刘郎在福海某工业区承包饭堂，有台电动三轮车，适合拉桌子、冰箱。他听说我要搬家，收到信息就来了。他说，两年前我帮你从新桥拉过来时你说可能还得帮忙拉走，果不其然啊，老段。我说生活就这样啊，四十多岁的人啥果不其然的事没见过？搬呗，步涌房租便宜！

其实这步涌的房租算起来并不便宜。房东说你昨天就把冰箱搬来了，得用电，房租须从昨天算。我说算呗，不就多三十块钱嘛。我这么说其实是带着情绪的，毕竟三十块钱对我来说还有些用场。签协议时他又说房租八百元，管理费五十元，两押一租，总共两千四百五十元。当时我正好收到两千多元稿费，便哗哗哗签了字。妻子下班回来说看电表水表没有啊？于是我赶紧打电话给房东。房东说放心啊，水费七元，电费一块五，很公道的。妻子一听又埋怨了，说人家电费才一块二，坑爹呀！

但协议签了钱也付了，只好将就着住半年再说。

妻子爱盘算着过日子，她说电费这么高得节省点哟，于是从市场买回两颗节能灯。5瓦的安客厅，3瓦的安卧室。5瓦的还能勉强照明，不至于把饭喂到鼻子里，但卧室里的3瓦灯实在太暗了，看上去像一只快要咽气的萤火虫。她说老段啊你就别挑剔了，咱们刚结婚时住草屋点油灯，风一吹灯就灭了，这灯泡再小台风也吹不熄！

我便呵呵一笑。

住进来不久天就热了。晚上，睡两小时她就起来关空调。为此我说了她两句。她说白天在单位空调还没吹够呢？你以为吹多了好吗？那之后我再也不说灯暗天热了，天一黑就去河边走。她从单位回来后我也不开电脑写东西、不看书，上床亲热都不开灯，任它黑灯瞎火。

却说回家的头天晚上，她早早开了卧室里的吊灯，细声道，好好睡一觉，空调开到天光。

第二天天未亮我就醒了。做好饭菜我去卧室转了一圈，见她仍未醒又回客厅抽烟。抽第二支烟时，她从卧室出来，打开冰箱翻出糕点和牛奶装进行李箱里。这些东西是用我的生日卡从蛋糕店买的。作为一名派遣工，我的工资不高，但工会的福利不错，生日前都会得到一张蛋糕券。妻子舍不得用它买蛋糕，总是分几次买回面包饼干当早餐。这次我领到生日卡后，她便买回一大堆东西，说在火车上吃，吃不完带回去分给孩子们。

妻子一边收拾东西一边唠叨，你生日我在火车上，不能陪你吃饭了。她这么一说，我便摸出手机照了照脸。我不知道有几天没刮胡须了，啥时候又多出几根白发。是啊，一年又过去了,转眼就四十六岁了。四十六岁真是一道坎啊,比如说,你已经过了入深户的年龄,你不属于青年了。再比如,年初我寄了一篇小说参评深圳青年文学奖,几天后人家打来电话说我超龄了。再说吧,单位的梁叔很快就退休了,然后呢?我便成了年纪最大、工龄最短的人。

妻子大概看出了我的心事,她说你明天生日哦,提前祝你生日快乐哈!

我笑了笑。

人到中年,我越来越不明白生活中啥是快乐了。日子就这么过着,平淡如水。我们一边吃早餐一边扯家常,她说小女儿的生日也快到了,到家得帮她买两身衣服。早餐后她又说,也不能只帮小的买呀,老大明年上大学了,别再那么土气了。中午到了火车站,她仍唠叨不停,不能只给小孩买呀,还有爸妈呢。

从广州火车站回来,我觉得很疲惫,上床稀里糊涂就睡了。第二天刚进办公室,我便收到了她的信息:生日快乐哦,不好意思,手机没钱发红包了。那一整天我都反复想着她这句话。晚上,我把她的话放朋友圈,大家说了一大堆祝福的话,老友李瑄(笑笑书生)还附了一首诗,现录于此共勉:

辛苦了,兄弟!
从四川到岭南,行行重行行
四十六年太久,峨眉山月半轮秋

孤独的马达轰响,掩饰了疾病与午休
没有白云跟随你,也没有花为你而开
深圳深深深几许?
在远离家乡的夜晚,一灯如豆,饭蔬食饮水,端端正正
不忧国而忧民,不练习飞刀而练习失眠
你坚持置身于低处,让沙子和蚂蚁高过自己
你坚持为孩子带来食物和课本
没有足够的岩石,无法抓住晴天和燕子
凡是阻挡太阳者,必将堕入黑暗
凡是推搡星星者,必将成为所有邻居的敌人
己亥之夏,六月十三,年年今日
祝你生日快乐,心宽休胖,春秋佳日,有酒斟酌之

2019年7月20日

一个光明女工的如烟往事

题记：

一路花开，从未停歇；
一树花谢，先后有别。

满怀悲痛远走他乡

到公明镇塘尾村雅麟塑胶（盒带）厂做装配工之前，亚珍已在东莞雁田得利钟表厂做了一个月维修工。

一九九三年，松白路尚未建成，整个公明片区交通极其落后，工厂数量及生产规模尚不如紧邻深圳龙岗的凤岗镇。据亚珍回忆，在凤岗雁田一带，二十世纪八十年代末已有成片工业厂房,她的一个表哥就是他们村较早来到珠三角打工的那批人之一。表哥在老家会开车,到东莞后并未进厂,而是去了雁田一个菇场送货,把整车的蘑菇供应给远远近近的工业区和工地。

表哥去东莞打工那年,亚珍刚满十五岁,正读初二,离她母亲去世恰好一年。从亚珍记事起,父母看上去就很苍老,因为她是家中最小的孩子。她有四个哥哥,父亲在她很小的时候就去世了,而母亲去世后,亚珍只好与尚未成家的小哥相依为命。小哥聪明好学,与表哥一样,会开车,常年带着侄子和一个亲戚跑长途运输。虽然父母早逝,但小哥稳定的收入足以让亚珍衣食无忧。所以,二十一岁前,亚珍对生活仍然充满了美好的憧憬。亚珍于一九七一年出生于湖北崇阳,那个年代,女孩能上完初中已属不易。初中毕业后,她并未像村里别的女孩那样急着外出打工挣钱养家,她只想着把院子收拾干净,种好庄稼,多养些鸡鸭,多栽些瓜果,让那些带着姑娘上门为小哥提亲的媒婆把她好好夸奖一番,以便自己也能处一个如意的对象。在那满怀希望如花似玉的六七年里,每当夜色降临,亚珍便独自坐在院门前的桃树下,想象着小哥牵着新娘的手走进家门后自己就可以找一个好婆家了。

然而,在亚珍二十一岁那年,出车到北京的小哥却永远离开了她。那是一场极其惨烈的车祸,车上除了小哥和侄儿,还有一个亲戚。多名亲人的突然离世,令整个家庭处于极度悲痛之中。二十出头的亚珍整日以泪洗面。她太爱她的小哥哥了。快三十年过去了,再次回忆起那件令人心碎的往事,亚珍仍禁不住悲从中来。

小哥离开后,无论白天还是夜晚,一旦见到为小哥准备的新房和打制的新床,亚珍都会失声痛哭。兄嫂们担心她难以承受如此沉重的打击,只好写信给东莞雁田的表哥,让她外出打工,远离那个悲痛欲绝的出生地。

与大部分出门打工的兄弟姐妹不同,亚珍踏出家门的那一刻,想到的不是挣多少钱寄回家,也不是以后能成就多大的事业。她唯一的愿望就是去一个陌生的环境,让时间慢慢抹掉失去小哥的悲痛,慢慢治愈心灵的创伤。

到达东莞雁田后,无论是明媚的阳光、茂盛的植物、繁忙的工地、匆匆的脚步,还是人来车往和一张张复杂而年轻的面容,都给了亚珍面对生活的勇气。表哥希望她在菇场多休息两天,忙完后再带她去找厂。亚珍却对表哥说,父母不在了,小哥不在了,三五年我也不想回老家,随便找个工厂上班就行,厂里人多,能说说话就好。

亚珍有未婚证和初中毕业证,人也高大漂亮,进厂并不太难。从菇场出来,步行两三里便到了雁田第一工业区。亚珍仍记得,那是一个中午,正值下班高峰期,一群群年轻的男女工从成排的厂房出来,穿着工衣、拿着饭碗,打仗一样涌向工业区食堂。亚珍站在马路上,看着从食堂出来的工人,发现他们的饭菜非常简单,有的是几片白菜,有的是几坨土豆,有的是跟筷子差不多长开了花的青菜(菜心),几乎没有一个碗里有肉。她不知道自己能否适应这样的生活,不知道他们一边吃饭一边津津有味地谈论着什么,更不知道他们坐在机器前到底干着怎样的活儿。那一排排厂房门口，大多挂了五金厂、纸品厂、工艺厂、印刷厂、钟表和电子厂的牌子。那些牌子五颜六色，有英文，有繁体字，在阳光里格外耀眼。

亚珍在工业区门口的一个炒粉店要了一碗汤粉。她吃得很慢。她专注地看着马路上来来往往的工人，有的手牵手说说笑笑，有的捧着信纸读着家书，有的看着杂志或报纸，有的则去士多店喝汽水吃冰棍。她在炒粉店就那么坐着，直到上班铃响后每个工厂都关上了大门。

然后，她从炒粉店出来，刚上马路，便有人吼："钟表厂招工了，得利钟表厂招工了！"眨眼之间，大街小巷便有近百人涌向得利钟表厂。亚珍人高腿长，离得利厂近，在奔跑的人群中抢占到了有利位置。她把着铁门，手一伸，身份证就被保安接住了。

她顺利地进入得利钟表厂，并被分配到了修理组。在当时，得利钟表厂也就一百来人，属于典型的来料加工企业。修理组工作较为轻松，每月加班多，能拿到三百多元。但是，工友们大多是"两广"人，说白话，几乎从不跟她这个湖北妹交流。繁重的工作加上小哥去世留下的巨大悲痛，让亚珍坐在工位上总是走神，还常常被管理人员辱骂和罚款。

表哥成天忙着送蘑菇，亚珍不想把厂里的情况告诉他，只好给他姐姐（亚珍的表姐）写信。表姐在公明镇塘尾村雅麟塑胶（盒带）厂做装配工好几年了，小哥去世前她们就有联系。当时家人听说深圳查暂住证很吓人，所以没让她去公明镇找表姐。亚珍在信中告诉表姐，她一个人在东莞很不习惯，每天车间、宿舍、饭堂三点一线,没人跟她说话,像个木头人。表姐回信说过来进厂可以,但是厂里伙食很差,一年到头难吃到一个鸡腿一片猪肉,住宿也紧张,还天天加班,出粮前经常加通宵,睡一上午又接着上班。亚珍说我不怕加班,只要每天能听懂别人说话就行。在这个表厂,他们骂我我都听不懂。

收到表姐回信的当天下午,亚珍便回宿舍收拾好简单的行李,然后去办公室哭闹着拿回身份证。在那个年代,工人进厂之后身份证会被扣押在人事部,离开工厂时才能取回。亚珍提着一个牛仔包,拿着放行条和身份证,到了厂门口却被门卫拦住了。门卫检查完她的行李,又叫来她的室友去宿舍确认各自的行李未丢失后才予以放行。

"转一次厂,比出一回牢房还难。"后来亚珍对表姐说。

那是一九九三年秋天,公明连一条去深圳像样的马路都没有,工厂也很少,但是离107国道近,紧邻石岩、沙井和松岗,来来往往找工作进工厂的人却特别多。表姐在盒带厂算是老员工了,跟车间里的管理人员都比较熟悉,但是再怎么熟悉,她也得按规矩办事:进厂必须给四百五十元介绍费。介绍费是表姐垫付的,由车间主管收取,然后分给人事部主管和接收员工的拉长,每人一百元。剩下的一百五十元,则由表姐出面请相关人员在厂门口对面的排档吃炒田螺喝啤酒,说是彼此认识认识,以后就算工作上不能特别照顾,至少不会刁难她。

进入盒带厂后,亚珍被分配到注塑部。注塑机二十四小时作业，工人则两班倒，早八点对晚八点，每天工作十二小时。注塑车间又热又臭，亚珍坐在工位上，没三分钟便满头大汗。一个白班下来，她几乎虚脱了，躺在铁架床上脑子嗡嗡响，怎么也睡不着。

宿舍里摆了八张上下铺铁架床，却住了二十多个人。第二天亚珍才知道，工业区里每个厂都在招人，宿舍与厂房不配套，非常紧缺。新招的工人没地方住，那些两班倒的员工全都两人住在一张单人铺位上，上白班的跟上夜班的轮流睡觉。亚珍没见过跟自己睡同一铺位那个上夜班的工友，她回到宿舍时人家已去了车间。她的行李在报名之后由保安提进来塞在了213房间第7号床底下。她没去翻找自己的行李。她盯着天花板上哗啦哗啦的破摇头扇，见床上有一封写好尚未寄出的信。从信封上她才知道，跟自己同铺的工友来自湖南邵阳，父亲叫张得力。而那工友本人究竟叫啥名字，直到亚珍离开213房间都不清楚，因为她们从未见过面。

亚珍在213宿舍只住了四天，第五天就搬进了413宿舍。表姐住413宿舍5号床上铺。看上去，表姐比较幸运，一直在装配部上班，几年来独自住着一个上铺，还拉了床帘。亚珍后来才知道，表姐已经有了对象，男朋友在工地上干活，经常来413宿舍过夜。她哭闹着住进去后，表姐就不那么方便了。

如果上夜班，亚珍白天就可以一个人睡在表姐床上，如果上白班，晚上就跟表姐挤在一起。雅麟塑胶（盒带）厂的铁架床焊得特别牢实，两个大姑娘挤在单人床上，半夜翻身也不会有什么声响。可是有天半夜，亚珍被表姐掐醒了。亚珍睁开眼睛，黑洞洞的宿舍里不但有叽嘎叽嘎的声音，连床身也不停晃动着。亚珍差点叫出声来。表姐赶紧用被子盖住两人的头，细声说，人家在干活，以后你有男朋友就懂了。

在雅麟塑胶（盒带）厂的半年时间里，亚珍从未想过找男朋友，因为吃得跟猪食一样，累得跟水牛一样，连个起码的下床都没有，就算有自己喜欢的又能怎样？那时候塘尾工业区附近除了厂房和宿舍，再无别的房子，连日杂店和小食店都开在厂房一楼，而且就那么三四家，如果想住旅馆或八元店，你得坐摩托车去公明老街或者玉律村。

在盒带厂，虽然工作比雁田累，吃住比雁田差，工资也比雁田低，但隔天能见到表姐，能和她开开玩笑，晚上还能挤在一起聊聊天，亚珍的心情便慢慢好了起来。

亚珍已记不清在雅麟塑胶（盒带）厂是怎样熬到一九九三年年底的。她原本打算春节后还清表姐的介绍费，自己有点余钱就转厂。可就在元旦的第二天凌晨，附近一个皮具厂发生了群殴事件。一名被电动啤机压断两根指头的四川女工，因赔偿迟迟未到位，纠集了一帮老乡冲入车间。他们不但打砸设备，还把来自河南的生产主管打得头破血流。老板也是河南人，他没报警，而是以恶报恶，不知从哪个工地叫来一卡车人拦在厂门口，与打砸人员干了起来。后来事情越闹越大，为了维护治安，当地派出所对工业区里所有工作人员进行排查，凡是没暂住证的统统拘留遣返。

因为怕查暂住证，亚珍和表姐不敢回盒带厂上班。最后，表姐决定自动离职，带着亚珍去玉律村男朋友的工地上躲避几天。

准表姐夫住在工棚里，每间工棚都住了四五个男工，这对于两个女孩来说很不方便。亚珍在工棚里睡了一夜，第二天便和表姐去长圳工业区找厂。

长圳与玉律相邻，当时的松白路尚在建设中，工厂少，仅有几间棉线厂、手套厂、小型五金厂什么的。表姐看不上这些小厂，一心想去维珍妮内衣厂做车位。亚珍却有别的打算，她觉得自己初中毕业，有文化，钢笔字写得也漂亮，想去一个小工厂做文员。

经过一天寻找，表姐没能进到维珍妮，最后回到了男朋友的工地上，说是等待新的机遇，而亚珍则被一个手套厂录用了。那个手套厂不但大量招普工，还招一名记数文员。招工的说记数文员工作轻松，但是工资比普工更低。

在亚珍的想象中，工厂里的文员应该是一个很有身份很舒服的工种，她便暗下决心在手套厂好好干下去。她原本打算晚上炒两个米粉和一盘田螺跟表姐庆祝一下的，但表姐没答应。表姐说到处都是抓暂住证的巡逻车，晚上出来不被抓去韶关挑大粪种橘子才怪！

那是一九九四年元旦后的第四个晚上，亚珍站在长圳村口，在昏暗的路灯下看着表姐远去的背影，再想到自己马上就要成为一名文员了，内心很是复杂。离开家乡不足半年，换了两个厂，尚未挣够出来的路费，这第三份工作看上去不错，但每月工资才两百多，还没加班费，她不知道自己是幸运还是不幸。

手套厂工资不高，就一百多人，其中不但有二十来个男工，还有不少上了年纪的女工。他们大多来自湖南、四川和广西，看上去还算和气。宿舍是厂区里搭建的铁皮房，摆了四张单人床，虽然不是上下铺，但风一吹铁皮就会发出哗哗的响声。亚珍想，好歹有了一个属于自己的窝，如果再把铺位收拾一下，床头贴几张印有邓丽君或者刘德华的小贴纸，还是挺不错的。

冰冷的铁和滚烫的心

亚珍写得一手好字，工作认真负责，在车间做了一个月记数员便被人事主管调去仓库做仓管员，说是工资每月涨到三百二十元。仓库里的工作非常烦琐，进货出货成品废品都得统计。亚珍拿固定工资（月薪），有时等材料入库还得免费加班。经过先前半年多的磨炼，亚珍已习惯了加班，唯一令她不安的是工资并未如进厂时人事部承诺的那样准时发放。后来她才听说，这个手套厂已经三个月没发工资了，而且就算到了发工资那天，财务还会找出各种借口克扣近百元。于是，她的心里越发不安了。

春节之后，原饭堂里的厨师和清洁工被莫名其妙炒掉了，一些老工人也分文不要自动离职了。到了三月十五日晚上，大家终于等到了发工资这天。七八十人围在办公室里，老板却没到场。晚上十点多，门口来了五六个治安仔，一个自称厂长的本地人把大家叫到铁皮棚外面，说老板去了香港，上个月出的货有问题，结算时单价被客户对半砍掉了，大家的工资只按百分之五十计算，如果愿意继续做，就重新签一份协议，立马领工资，如果不想做，马上自动走人，一分钱不给。有几个男工一听便吼了起来，骂老板黑心不要脸！就在大家跟着男工们起哄时，一个胖胖的治安仔打开雪亮的手电筒，冲进人群揪出一个高个子男工就是一阵拳打脚踢。同时，另一个治安仔拿着喇叭吼道，谁再扰乱秩序，统统带去派出所！亚珍知道，厂里的人都没有办暂住证，一旦被带去派出所，至少得花三四百元才能出来。她见所有人突然不吭声了，自己也不敢再说一句话。

与大家一道，亚珍领到了一半工资并重新签了一份进厂协议。新协议不但延长了加班时间，还提高了必须完成的产量，甚至要求大家免费轮流去饭堂煮饭和打扫厂区卫生。

拿到不足两百元工资，有十几个人当天晚上就被老乡接走了。亚珍也想出厂去找表姐，但外面黑麻麻的，山上不时有狗叫声。她非常心虚，便决定挨到天亮再说。

到了后半夜，亚珍被同宿舍的工友叫起来。她们说大家都去了厂门口，连保安都看不下去了，让工友们赶紧逃走。亚珍背着行李来到厂门口，发现铁门紧锁，保安正趴在桌子上呼呼大睡。这时，一个男工说，保安在帮我们呢，快翻墙啊，这样的黑厂再干下去会死人的！

在夜色的掩护下，工人们纷纷翻出厂门，朝正在建设中的松白路逃去。逃跑的人们惊动了玉律村口值班的治安队。

治安队一边呼叫对讲机，一边骑着摩托车追赶人群。有的人被逮住了，有的人逃脱了。亚珍生了一双长腿，幸运地逃了出来，不幸的是装有身份证的一个小包丢了。她跟一个湖南小妹躲进了一片荔枝林，在一个废弃的猪场里等待着黎明的到来。

天蒙蒙亮时，湖南小妹说她叫李桐欣，有个堂哥在龙华三联工业区当保安，如果有身份证可以一起去进厂。亚珍说如果有身份证就好了，我回雁田都行，但是现在只能待在公明了，因为表姐在工地上搬来搬去，以后肯定会来长圳找人，如果走远了就找不到我了。

天亮后，亚珍把那个漂亮的湖南小妹送上车，然后在田寮、玉律一带转了一天。虽然有好几个厂招工，但她却因没身份证被拒绝了。傍晚时，她想去办一个假身份证，人家又说要三五天才能办下来。实在没办法，她只好先找一个八元店住下来。她问了几个小旅店，人家都说满员了。最后，她花五元钱在一个四川人开的旅店里租了一个地铺。那地铺其实就是一张席子铺在楼梯间里，连狗窝都不如。

那一整夜，亚珍几乎没合眼，就那么背靠着墙坐到了天亮。第二天，她决定回长圳村找工作。长圳村口向东走，大概一公里，有一大片空地，旁边有个模具厂正在招工。她过去一问，人家只招男学徒和一名清洁工。亚珍说我可以做清洁工呀。招工的文员恰好也是湖北人，她说你比我还年轻做什么清洁工？我们的清洁工除了扫地做饭，还要清洗模具，用白电油洗，很臭的。亚珍便说了实情，说身份证丢了，只要有个工作，干啥都行。

或许因为招工的是老乡吧，亚珍居然顺利地进到了模具厂，但清洗模具的活儿真不是女工能干的，那些沉重的铁块一次次磨破了亚珍白皙的指头，带有腐蚀性的白电油令她脑子晕沉沉的。不过，模具厂跟先前的厂子比起来又有三点好处：一是伙食不错，每天至少有一个荤菜；二是加班时间不长，有时周日不用上班；三是男多女少，模具师傅们工资不低，对亚珍总是笑笑的。亚珍生得漂亮，走在锈迹斑斑的铁堆里就是一道亮丽的风景，师傅们除了对她笑，还常常直勾勾地看着她。对于二十出头的女孩来说，在车间里引人注目心里自然欢喜，但对于亚珍来说，她的心思并没放在这些模具师傅身上。她觉得他们并不是自己喜欢的类型。他们语言粗俗，满手老茧，喝酒抽烟打牌样样在行。如果要找男朋友，她想找小哥那样的，能干，心好，疼爱自己。所以，不加班时，她就常常一个人去厂对面的荒草坪里坐着，看夕阳慢慢落进玉律村，在晚风里怀念她的小哥。

大概一个月后，厂门侧边搭起了一个铁皮棚。有人在铁皮棚里开了一个小店，店门口摆了一张桌球台。又过了几天，草坪里来了一队人马，开始推土，挖坑，打桩，浇注混凝土，说是要建新的工业区。

工地上的人越来越多，一到傍晚，就有建筑工来小店里打桌球喝啤酒。亚珍常常站在二楼车间的窗口前，看他们打球，看他们谁像自己的小哥。

旧历四月末的一天，亚珍的目光落在了一个高大帅气的小伙子身上。那小伙子打球总是"一杆清",每打完一枪就笑着抬头朝楼上看。那之后,只要"一杆清"来打球,亚珍就会忘了手中的活儿,站在窗前盯着他笑。

转眼便到了端午,晚上不加班,老板请大家聚餐。晚饭后,师傅们叫亚珍去唱歌,亚珍没去。她独自回到小店里,想看看有没有人打桌球。

或许工地上的人也去聚餐了,小店里空落落的。亚珍望望初夏明净的夜空,又看看路灯下满树的青芒,心里想,如果此刻有人陪着去外面走走该多好啊!

说来也是缘分,没过多久,那"一杆清"就过来了。他似乎预感到亚珍在小店里等着他,特地换了白衬衣,还理了头上了摩丝。

亚珍先打招呼,问他是不是又来打球?他说没对手,怎么打?亚珍笑着说教我呀,教会了天天陪你打。

"一杆清"一听,脸立马就红了。亚珍没想到,那时候他居然那么腼腆。

后来,他们没打球,而是牵着手沿着建设中的松白路去了公明镇上。他们说了很多话。他说他叫阿设,讲潮汕话,又问了她的情况。再后来,他们花两块钱在公明看了一场录像,然后吃了炒粉和田螺,还喝了啤酒。

他把她送到工厂宿舍。她说你是潮汕人怎么不做生意或者跑业务呢?如果你想在工地上干一辈子,我们就没必要继续下去了。阿设说我干过很多行业,也想好门路了,等这个工地结了账就出来开一个废品收购店。

也就是从那天晚上起，亚珍决定把自己的终身托付给这个会讲潮汕话的阿设。从后来的交往中，她才慢慢知道，阿设比自己大一岁，出生在揭西一个山村里。他很小的时候母亲就去世了，九岁时辍学去了汕头舅舅家。十五岁那年，也就是一九八五年，阿设便跟着老家的亲戚去深圳福田做建筑小工。两年后，阿设跟着老乡来到公明长圳学搞装修。他人勤快，脑子活，帮一个香港老板装修厂房时，老板叫他偷渡到香港帮他干活，年薪五千元港币。阿设真的答应了，与两个同乡一同从福田渔民村过河去了香港。当初香港老板只许诺请阿设一个人过香港，另两个老乡过去后他不肯付他们工资。阿设没办法，只好带着他们自己找工作，结果不到一个星期全都被遣送了回来。

回到内地后，阿设又来到公明进厂。他先是在光明农场附近的牛皮厂剪边角料，因为太臭，干满一年就辞工了。从一九八六年到一九九三年，阿设先后在公明南光电子、锦富五金、元升集团等厂打过工。他之所以决定开废品店，是因为他在元升集团时，老板娘见他勤快肯干，就把厂里的废品交给他处理。在处理废品时，阿设认识了很多废品店老板，认定收废品是一个有"钱图"的行业。但是收废品一个人做不过来，他便希望成家后有个帮手再说。他九岁离开老家，哥姐已成家，自己连间像样的房子都没有，谈了几个本地姑娘，结果可想而知。所以，从元升厂出来后，他又去了工地，没想到认识了亚珍这么漂亮的湖北姑娘。

起初，亚珍觉得收废品并不适合自己。与阿设交往后，她怀孕了，经过再三考虑才决定离开模具厂，用二百元本钱起家，与阿设在长圳开了第一个废品收购店。

从破烂王到收租婆

事实上，二十世纪九十年代，在珠三角地区，收废品特别适合怀孕的女工。长圳村背靠光明农场，荒地多，随便搭个铁皮棚找些石棉瓦一围，废品收购店就建起来了。白天，孕妇在店里负责收购拾荒者的破烂，丈夫骑着三轮车去工地、小店和工业区收废品。晚上，妻子帮忙分拣，丈夫清理打包，货多了再分门别类卖给大型废品站。这门路虽然脏累，但比工厂里自由。而那个年代，国民经济正处于快速发展期，政府对资源回收利用行业大力支持，废品物资也很"值钱"。据亚珍回忆，随着公明地区工厂企业越来越多，规模越来越大，纸皮、废铁、废胶等每天源源不断运来废品站，到后来，利润更高的铜、锡、金、银、钨等贵重金属也多了起来。

亚珍的废品店是一九九四年中秋后正式开张的，当时，她已有三个月身孕。起初两年，他们的废品生意并不太好，一年到头的收入仅比在工厂上班强一点点。一九九七年金融风暴期间，一大批中小型企业纷纷倒闭，那也成了废品行业的黄金时期。此外，一些工厂发生火灾事故后，他们的废品站也会特别忙。那两年里，亚珍夫妻俩在公明建了两个废品收购站，可谓财源滚滚。他们不但买了拉货的卡车，还买了新轿车。随着废品业务的不断扩张，亚珍和丈夫不再自己动手分拣废品，他们购置设备，聘请工人，几乎抢占了半个公明镇的废品市场，成了远近闻名的破烂王。无论是厂房装修还是工厂倒闭搬迁，无论是工人消费还是企业生产，都会产生大量的可利用废品。亚珍不知道当时整个公明镇有多少个工业区多少家企业，也不知道有多少工厂老板挣到钱了又有多少企业倒闭了，更不知道每天在松白路上有多少货柜车来来往往有多少满载着外来务工人员的大巴车穿行。她只记得，到一九九七年年底，夫妻俩仅靠收购工厂里的废品和工厂倒闭后留下的陈旧设备，存款就高达一百多万元。

然而，不是每一个打工者和创业者都会一帆风顺。就在亚珍的废品生意红红火火时，她人生中的第一次沉重打击也毫无防备地迎面而来。

那是一九九七年圣诞节后的一天上午，丈夫阿设跟平常一样，拉着一大卡车打好包装的废品送往东莞。一个小时后，亚珍从市场买好肉菜回来，刚坐在废品站自家开的日杂店门口，一个老太婆便提着蛇皮袋慌慌张张跑了进来。亚珍认识这个河南老太婆，她平常除了自己捡拾废品，偶尔也会去工厂或小店收点纸皮废铁卖给亚珍。起初，亚珍以为老太婆被查暂住证的治安仔追赶，便让她藏在了杂货店的货柜后面。几分钟后，废品站里突然来了十几个手持铁棍的建筑工，他们说老太婆偷了工地上的物料，便狠狠地揍了她一顿。老太婆哭天抢地，亚珍见她实在可怜，只好报警。在老太婆的指认下，治安队不但抓走了动手的工人，还以查暂住证为名从工地上带走了二十多人。工地老板不服，打电话叫来一伙人，把亚珍打得头破血流。

阿设回到公明后,亚珍已住进医院。阿设非常气愤,一门心思想搞定工地老板,哪怕花大代价也要让他坐牢。妻子住院,找关系打官司,控告工地老板,在短短的半年时间里,阿设不但花掉了大部分积蓄,连长圳的废品站也被人拆掉了。最终呢,那个工地老板却逃之夭夭。亚珍出院后,夫妻俩并未因这次意外而泄气。到二〇〇〇年前后,他们在长圳村礼志厂对面的工业区和长兴工业区租下两片空地,盖了近两百间铁皮房,以每间八十元到一百元的价格出租给附近工业区里的工人。

二〇〇一年后,随着中国"入世",珠三角制造业再次迎来重大利好,出口贸易型企业增长迅速。随着松白路、昌玉路的开通,公明西南片区的工业发展势头异常迅猛,原本的鱼塘、荒地几乎一夜间厂房林立。然而,大部分企业员工的吃住却得自己解决。他们微薄的收入不但得去厂外面吃饭,还得去城中村租房。而长圳村紧靠光明农场,工业区里的厂房与宿舍建设并不配套,加上原住民不多,农民房远远无法满足日益增长的员工住宿需求,搭建铁皮房供员工租住便成了厂区业主的权宜之计。

铁皮房成本低廉,租金便宜,很受打工一族欢迎。从二〇〇〇年到二〇一二年,亚珍那两百来间铁皮房的空置率几乎为零,特别是每年年初开工时更是供不应求。亚珍来自湖北农村,无论打工还是收废品,接触的都是底层劳动者,如果水电不涨价,她不会私自提高租金。她知道,工业区里租住铁皮房的都是收入低下的一线员工,他们的每一分钱都是用汗水甚至血泪换来的。在那十多年里,她不知道有多少来自湖南、四川、河南、广西等地的兄弟姐妹因为工厂倒闭或经营困难不能准时出粮而拖欠房租,她不知道有多少男工或女工因为劳资纠纷未能得到妥善解决而在铁皮房里失声痛哭,她不知道每天晚上有多少夫妻拖着疲惫的身体回到铁皮房里寻找着生活中仅有的欢欲,她不知道目送过多少熟悉或陌生的背影从一间间铁皮房里进进出出来来往往。那些无数的租房协议、收款收据、欠条和借条,每一张都书写着一个普通打工者的奇特经历。在经营铁皮房的十多年间,她印象最深的有三件事。第一件事发生在二〇〇〇年初,她的铁皮房刚建好不久,一个河南妹半夜突然敲开了她的房门,哭着说她的姐姐在松白路边被人打劫时割掉了一根手指头,急需五千元钱住院治疗,而她和姐姐的工厂都有两三个月没发工资了,如果不及时凑够医疗费,那根手指头就报废了。亚珍早已听说公明一带活跃着一帮穷凶极恶的广西人,如果被劫者反抗,他们就会砍掉对方握着钱包的手。面对这个无助的外省女孩,亚珍当场就给了她五千元钱。女孩的工资实在不高,虽然最后凶手被逮住了,那五千元钱也让她整整打了一年工才还清。那一年里,亚珍没见过她买一件新衣服。第二件事发生在二〇〇一年,也是半夜,一个湖南中年妇女找到亚珍,说她儿子在一个塑胶厂出了工伤,因不满厂方赔偿用刀刺伤了老板的女儿而被派出所抓了。她担心儿子的老板来报复,想离开公明躲避一段时间,希望亚珍退回一百元租房押金。第三件事发生在二〇〇四年，长兴工业区里有一个电子厂的四川小伙子不知从哪里带来一个女朋友，整天睡在铁皮房里，没多久肚子就大了。就在那女孩快要生产时，那四川小伙却突然不见了。女孩哭哭啼啼告诉亚珍，说她原本是在维珍妮内衣厂上班的，老公在老家搞建筑出了事，她又不想回去，就跟内衣厂的一个车间主管好上了，好上不久就怀孕了，怀孕后就找那主管闹，主管不但不理她，还把她开除了，后来她就破罐子破摔，在路边唱卡拉OK认识了那个四川小伙。谁知那四川小伙竟这么狠心突然跑掉了。亚珍问她现在怎么办，她说她想回家把孩子生下来，想借点路费。亚珍给了她一千块钱，不知道她是回了娘家还是婆家，也不知道她最后把孩子生下来没有。

面对这一起起看似离奇却又时时刻刻上演着的工厂故事，亚珍觉得自己幸好没长期待在厂里，幸好找到了一个踏实肯干的阿设。

因为心地善良、人缘好，很多租铁皮房的打工者都希望亚珍夫妇开一间工厂。但他们离开工厂十来年了，附近的厂子越开越多，有挣钱的，也有亏本的，如果开厂，还真不知干哪行好。

二〇〇五年的一天，一个湖南邵阳租客过生日请亚珍去喝酒。在酒桌上，亚珍意外地碰到了当年一起从手套厂逃出来的李桐欣。李桐欣说她没在龙华干了，早几年就去了维珍妮内衣厂做IQC组长，负责外发货物品检。她说公明的内衣和服装行业发展很快，她好几个同事都出去合伙开棉线厂了，生意很火爆。当她得知亚珍已是长圳有名的收租婆,便希望她投资开一个线厂,业务方面不是问题。

亚珍回家跟阿设商量,两人当天晚上就决定在长圳投资办线厂。

异木棉的秋天

铁皮房的收入很稳定,线厂上马后也一路向好。在亚珍的印象中,阿设虽然小学没毕业,但天生具有潮汕人的生意头脑。除了铁皮房和线厂生意,在二〇〇六到二〇〇七年间,阿设还以四千多元一平方米的价格在宝安先后买了四套房子。后来亚珍常常想,如果那四套房子留到现在,至少也是两三千万的身价了。

但是,生活没有如果。在二〇一〇年房价有所回升时,阿设卖掉了所有房产,决定去老家揭西承包山头搞林业和旅游开发。

当然,阿设并非一个头脑发热突发奇想的笨蛋。即使到了今天负债累累,他仍觉得当时的选择是有道理的。他认为人的一生有没有意义,最终不能仅凭挣了多少钱来定义。亚珍虽然也认同他的看法,但卖房子时还是持保留意见的。

那是二〇一〇年春节后不久,老家来了几个亲戚住在亚珍的铁皮棚里。当时线厂生意不错,亚珍以为他们来进厂。但是他们不想进厂,他们说在工厂干了一二十年,没出息,想干点别的,一时又想不出好门路。晚上,阿设请他们喝酒,喝着喝着就哭了起来，说自己九岁离开揭西，很想在村子里干一点事业。亲戚们说村里的田地和山头都荒芜了，年轻人都不想待在家里，你回去能干什么事业？阿设想了想说，我要回去干三件大事：承包一千亩山林，开一个木材厂，搞一个旅游公司。

当时亚珍以为丈夫在开玩笑，谁知第二天他就带着几个亲戚回家考察了。一个星期后，阿设卖掉了宝安的两套房子，不但再次回家签订了山林承包合同，还请了几个亲友住在山上铲草种树。

山林承包下来了，后来宝安的四套房也全卖掉了，再加上线厂的收入，据亚珍讲，到二〇一五年清明节被人烧掉之前，他们在山林投资了近三百万元，眼下仍欠着银行和亲友一大笔债务。

那是一次意外的山火。亚珍想，如果当时把线厂关掉，夫妻俩回家安安心心植树造林，那场灾难或许就不会发生。但是，铁皮房在二〇一三年城市更新初期就被推掉了，而山林需要长期投入，那长圳村的线厂就成了他们唯一的经济来源，真关掉也未必舍得。

山林是被隔壁镇的人上坟时意外烧掉的。看着茂盛的木林毁于一旦，夫妻俩不得不卖掉线厂离开光明回老家打官司。

为此，夫妻俩折腾了四年多，山林被烧掉的事至今仍未得到满意解决。但生活还得继续下去。亚珍是今年二月重返光明的，丈夫比她晚出来四个月。因为出事前一些家具仍放在长圳的亲友家里，亚珍出来后便在田寮洋田第三工业区附近租了一间厂房宿舍。两个儿了都已成人,大儿子去了龙岗一个汽车公司做售后服务,小儿子退伍后,因家庭变故身心受到巨大打击,不愿待在老家。亚珍在田寮租好房,便把生病的小儿子接了出来。

离开光明好几年了,几年来,松白路变得越来越宽敞越来越漂亮,外环高速、地铁站正在如火如荼建设中,玉昌路两旁的工业区和厂房差不多全改装成了商业铺面。在等待丈夫来光明的日子里,年近五十的亚珍每天都在玉律、长圳、田寮转悠,希望能找到一份适合自己的工作。但是,工厂越来越少,即使仍有少数五金塑胶厂或纸品厂需要年纪大的女工,工资却普遍很低,每天一百来块钱别说还银行贷款,能吃上一口猪肉就不错了。

今年六月,阿设来到光明后,看上去比亚珍更乐观些。有朋友送了一辆电单车给他,希望他先拉拉客挣点生活费。阿设知道,要想再在这边待下来,厂是进不去了,废品也越来越少越来越不值钱了,铁皮棚早就不让搭建了,开厂更是不可能了。拉客虽然不用本钱,但也是政府打击的对象,更不是长久之计。

转眼便到了十月中旬,国庆节前阿设插在电单车上的国旗仍没被取下来,在秋风里不停摇摆。阿设一般都是晚上拉客,一是可以避免查处,二是尽量不被熟人看到,三是白天还可以从工业区里拿一些手工活回宿舍加工。亚珍不希望他去拉客,她觉得被熟人问起有些丢人,而且拉客也很危险。她也不喜欢去厂里拿货回家做,因为那根本挣不到多少钱。

在阿设回来的第二天，她去一个物流公司找到了一份夜班工。物流公司大多是老旧厂房改装的，看着那些南来北往堆积如山的产品，亚珍不知道它们出自哪个工厂哪个车间哪条生产线哪个员工之手。但她知道，当天渐渐亮起来后，她就该回到那间租来的工厂宿舍睡半天，到了下午便穿上隔壁厂的工衣去车间搞卫生，每个月多挣一千二百元钱，也算是一份兼职。

她兼职搞卫生的是一个包装盒厂，就在十一月五日，车间主管突然叫她明天别去了，说工厂订单越来越少，很可能下个月就要搬去东莞了。

如果只做物流公司那份工，亚珍觉得实在没盼头。当天晚上，她便去物流公司把工作辞了。亚珍回到宿舍里，见小儿子仍迷迷糊糊地睡着，阿设又出门拉客了，她便换了一身干净衣服，梳好头，朝松白路走去。

她沿着松白路独自朝南走，不知要走去哪里。松白路上的车辆依旧川流不息，只是人行道上的行人远不如从前多了，几乎难再见到成群结队穿着工衣说着普通话的外地人了。回到光明已有大半年，过两天就立冬了，这深圳似乎仍在秋天里。雪亮的路灯下，一树树美丽的异木棉开得正艳。她抬头看了看，有几片花瓣竟落了下来。而绿草地上，更多的花瓣已在夜风中萎蔫了。

她就那么朝南走去，后来便到了玉律牌坊下。玉律牌坊与长圳牌坊隔路相望，二十多年来，亚珍不知多少次从这两个牌坊下经过。离玉律牌坊东南四五十米，是玉律人行天桥。

丈夫尚未出来时，她常常独自来到天桥上，回想在光明生活的点点滴滴，有苦涩，也有甜美。

　　物流公司的工作已辞掉，过几天，她将带着小儿子和阿设一起搬去龙岗大儿子的单位附近住了。生活已经折腾到了这一步，不管接下来的日子怎样，起码一家人得生活在一起，不能再四分五裂了。亚珍站在玉律人行天桥上，看着松白路两旁一树树美丽的异木棉想，这一路花开，似乎从未停歇，那一树花谢，却先后有别。深圳已不再是曾经的深圳，但老家的山仍是那座山。人生一世，草木一秋，留得青山在，何愁没柴烧？树没了，还可以自己重新栽种，也可以把山转包出去。过了这一冬，那满山或许又绿了。

　　　　　　　　　　　　　　　（文中男女主人公均为化名）
　　　　　　　　　　　　　　　　　　2019年11月15日

表　弟

按照表弟往年的经验，元宵节前后学校就开学了，工地和企事业单位也开工了，如果白菜长势良好，可以卖个好价钱。但这个节点很难拿捏，因为蔬菜的生长周期并不像高铁进出站那么准时准点。栽种后如果天气晴朗，白菜就会早几天长成，如果阴雨绵绵气温比常年偏低，就会晚十天八天上市。常年里，福建闽侯冬天很温暖，白菜长成后，如不及时上市就会开花甚至烂在地里。为保险起见，去年秋天，表弟间隔半月先后种下两批白菜，总计一万余棵，年前年后都有菜卖。

表弟告诉我，第一批白菜已在腊月二十左右出手，虽有少量未长成，价钱尚可接受。第二批或因气温过低，比预想的要迟几天长成。腊月二十五，他发信息给我，说几千棵白菜呢，开学后不能上市，往后就不是"白菜价"，而是"烂白菜"嫁不出去了。

谁知疫情突然就发生了。

我是大年初三晚上回到深圳的，第二天特地打电话给他。我说深圳的大白菜都五六元一斤了，你的甜白菜赶紧拉去城里呀！他说菜心还没裹紧，除掉青叶子没着落了，十块钱一斤也是亏呀，我的菜都是在县城卖，现在县城哪有人出来买菜？拉去福州吧？也没地方摆，交商场更不划算。不急，再等等，反正元宵节快到了，正月二十左右再看看。

又过了几天，他说村子里封路了，开学遥遥无期，白菜肯定会烂在地里。我说卖菜也不能出村吗？他说是啊，村里有规定，出去了就别回来！第二天，我说你半夜偷偷出去，天黑后再回来吧。他说恐怕也不行，过两天再看看。第二天傍晚，他打来电话说，村里整了一辆推土机拦在路中间，因为头天下午有辆外地车一进村就往山上跑了，有人骑摩托车没追上，估计翻过大山去了别的县城。眼下，一天二十四小时都有人守在村口，外人一律不得进出。后来他又补充道，嫁出去的姑娘可以回娘家，因为大家都认得。

村子一封就不是一天两天的事了，可白菜才不管你呢，该怎么长就怎么长。元宵节之后，他又问我啥时候开学？我说教育部部长也不知道啊，你多看看网上的新闻吧，肯定没那么快。他说他的白菜快开卖了，急死人了，更着急的是那些江西人，有好几个赣州人在他们村种了十来年菜，根本出不了门，菜薹都快开花了。

从全国范围看，疫情严重影响农业生产，菜农们不能把菜运出去，有些地方甚至不让农民下田，城里人有钱也不一定能买到菜，老百姓叫苦连天。那些日子，表弟总是发些沮丧的表情给我。我说大家都下不了田，如果管控松一点你赶紧播种，不光种菜，还应多栽些果树。你地里不是有几万棵橄榄苗吗，全种上。

后来几天，他倒说起了住在隔壁的江西人，说他们前些年种菜挣了一点钱，这次可能全亏掉了，还养着三个孩子呢，怎么活？

又过了几天，也就是二月十九日凌晨三点，他发来一组照片，说村子里管控稍微松了，但原则上仍不允许车辆拉菜出去，他是天黑后带着家人偷偷砍好白菜，然后抄小路挑出村子，用事先停放在亲戚家里的三轮车运到街上去的。那天上午，除了自家的白菜，他还帮江西人卖小菜，因为他们实在太艰难了，能帮忙卖些农药种子钱出来，疫情过了还有点希望。

那些天里，白天，表弟带着一家老小忙着翻地、育苗、种果树，晚上下地里砍菜，然后趁着夜色拉去县城。表弟说起初几天，一斤菜确实比常年贵几毛钱，但顾客太少卖不动。我说你地里的白菜被砍了村干部不知道吗？他说知道啊，但这关系到全家人的生活，只要没逮着，又不是偷人家的菜，人家心里明白。

后来，村子终于解封了，江西人也回到了菜地里，表弟的白菜仍有一大片没卖出去，因为外地菜正源源不断地运往福州。学生仍未开学，很多企业貌似开工其实并没多少事做，有事做的又说招不到员工。

到了三月初，表弟通过朋友圈吆喝，终于把最后一批白菜清零了。此外，村里扩展公路，一些果树需要移植，他的橄榄苗也在这个春天卖出去不少，并即将播下新的种子。漫长的假期让孩子们更懂事了，他们一起下地干活，一起期盼。

正如表弟在朋友圈说的那样，在他们那里，春天不但有鲜花，还能长出果实，只要你肯努力。而我此时想说的是，对于大多数人来说，这个春天不仅有伤痛和苦闷，也有感动和回想，不仅有失望甚至绝望，也有一丝希望。当然，这需要足够的勇气。如果我们对生活依然热爱，良心尚未泯灭，就能盼来下一个春天。

2020年3月20日

生日快乐

敲下这个小标题，内心满是歉意。

戴口罩两个多月了，脑子里总雾沉沉的。三天前吧，因惦记着下周一一大早去马安山社区某路口做交通协管志愿者，我特地翻出手机看了看日历，看到"农历三月十七"时，脑子里一闪：三天后，好像是谁的生日！

究竟是谁的生日呢？我把能想起来的人在脑子里全过了一遍，他们的生日似乎都不是三天后的这一天。我们常常会忘记自己的生日，却很少忘记爱人的生日。但在这个春天，在那个雾蒙蒙的早晨，我眼前飘过一个又一个身影，终究没想到她，到底怎么回事？或许只能用"最熟悉的人最容易忽略"来解释吧。

事实上，真到了这一天，她自己也把生日忘了。

恰逢周日，单位有人轮流值班，食堂供应早餐。从住处去食堂步行得四十分钟，按习惯，我在食堂用餐后顺路去明珠市场买些肉菜，但昨晚她交代了，说那里的菜贵，也没时间煮那些鱼肉，她拿了好多加工货回来，下午三点前得赶着交货，就在出租屋附近买几把青菜炒炒算了。于是一大早醒来，我便去早餐店买了四个包点，然后等商场开门买点青菜。

六点半左右，我提着早餐进门时，她已坐在桌前做起了手工。她尚未洗涮，头发乱乱的，突然抬头望着早餐说，等一下买多点好吃的。我问为啥？她说我生日啊，姐一大早发红包我才想起。

那一刻，我没说生日快乐。我说，哦，忘了，原来是你今天过生日啊，是要吃好点。

你哪里记得我生日哟，你只知道关心天下大事，不说了不说了，快点吃，下午三点要交货呢。

因为疫情，妻子年后就没班上了，整天在家里等通知。她原本在社区图书馆工作，每个月两三千块钱，较为轻松，基本够我们在深圳的租房和日常开销。但是年后单位迟迟没续合同，也没准信，等待的过程实在太漫长。大疫之下没别的地方去，她便在城中村寻找加工货拿回家里做。

上周某个晚上，我陪她去附近一个便利店领回第一批电子烟零件，穿一个零件四分钱。她在工厂干过十来年，动作还算麻利，但这加工货的工价实在太便宜，一个小时做下来不过两块钱。干了两天，她自己都没兴劲儿了，也不再唠叨让我下班后帮手穿零件。昨天下午，她又在别的地方找到另一发货点，工序简单，穿一个两分钱，据说一个钟可以做五块钱，便领回两千套。在做加工货这件事情上，我的意思是能做多少算多少，我一个大男人笨手笨脚不但帮不上忙还可能添乱。她说添什么乱？这么简单的事你都不会做还能做什么？我说我可以写文章呀，敲一个字两毛钱！她说你真有那本事你就养我了，我就不用干活了！我说是哦，我要真有那本事，就不止养一个了！

　　写文章确实可以挣点稿费，两三毛钱一个字也是普遍行情，前提是你得写出来，有人要。事实上，这些日子我并没写出什么东西，先前写出的很多东西也没人要。但生活又是这么具体，柴米油盐，一家六口，都等着我那四五千元工资。如果单位真把她辞了，如果真就这么长期在家里做五元钱一个钟的手工活，类似的争论想必会越来越多。大环境就这个样子，谁也不能确定自己什么时候就没工作了。如果有机会能多挣几分钱，怎么说都应该帮帮手。在勤俭持家这方面，妻子可谓典范。但在深圳这样的地方，一个小时挣五块钱实在有违良心。当然，夫妻过日子，发生争执的除了怎么挣钱，更多在于怎么花钱。

　　关于花钱的争执，主要有两方面。一是我抽烟，每天差不多十五元，她有意见；二是买菜，主要是买给她吃的，如果太寒酸我会觉得过意不去。可每次我买回的猪肉她都放很久，有时煮了也是几餐都剩着甚至倒掉。她不喜欢吃肉，喜欢吃水煮鱼。水煮鱼麻辣口味重，又不适合南方气候，天天吃会出毛病。

而最近，我们之间最大的争执在于租房。

我们是去年年底搬到这栋农民房里的，一房一厅月租六百元，水电不足二百元，比较起来挺便宜。如果夫妻双方工作稳定，我平时再写点稿子，长期住下去并不困难。就在我搬来这里前后，收到了填报人才住房的通知。出于对美好生活的向往，我自然也申请了。在我看来，所谓人才住房，目前未必所有人才都可以申请，它会根据不同单位分批排队。当然，它也未必全针对高大上的人才，比如我，虽然有一个作家职称证，却没写出一篇名副其实的文章，工资也没因此多一分钱，但在这件事情上，它还是被认可的，相当于本科文凭，加六分，而且与科级干部一样，可以申请三房。

就因为这个三房，我们吵了一架。

租房申请年前提交了一次，年后又提交了一次。年前时我填报了四个人住，因为有俩孩子。年后得知这房租算上管理费也得三十来块钱一平方米，就改成了两个人住，意向是一房一厅。前天下午，我收到一条短信说可以去看房了。房子位于沙井中心地段，新建小区，市场均价四万以上。因为是工作日，看房得请假。当然，"吃住"二字是人生大事，领导通情达理，准了假。

从单位去人才房所在小区并不远，步行也就大半个钟。因为看新房，又约好了时间，我决定坐公交，结果一等车也花了半个小时才到。

印象中，在深圳看房必定人山人海。公交站在北侧，签到点在东侧。我围着楼盘向西边走边问，差不多半个钟才找到地儿。到现场一看，除了施工人员，就门口摆着一张小条桌，一个女孩戴着口罩干巴巴地坐在凳子上等我。

从签到表上看，我之前有两个人来看过房了，他们填的租房意向为三房一厅，都是拖家带口三四个人住的。我签上自己的名字后，问可不可以租一房的。女孩说今天只看三房，只通知三房的过来。我问三房的多大，多少钱。她说九十多平方米吧，算上物业管理费每月三千左右。我说三千啊，得一大半工资呢，有没有一房或者两房的？她说有啊，年前看过了，人家都住进去了。我问以后还有吗？她说有，但是得等，可能要到年底了。这时来了一个年纪比我还大的，他说在医院上班，副高职称，因为十年前才来深圳，错过了买房的最佳时机，符合租四房。他的积分名列前茅，现在租住的地方每月四五千，年年涨价，终于等到这房子了。他说着递给我一支芙蓉王，看上去挺和气的。

来看房之前妻子就嘱咐过了，咱们现在这条件只能租一房一厅。我惦记着她的叮嘱，抽着老医生的烟，心不在焉地跟着服务员向直插云霄的高楼走去。小区部分楼层已有人入住，更多的仍在装修中，绿化环境都不错。进入电梯后，服务员对医生说，你符合四房就看四房呗，四房四厅的可宽了。医生说我就三个人住，先看三房，再看四房。我说能不能带我看看一房啊，我的工资只够租一房。医生说你在哪个单位？中级职称怎么说也有一万多块吧？我说真没有，我们是劳务派遣工，工资没套职称。他说你孩子不住吗？老人不住吗？一房一厅怎么过日子？我说他们都在老家，没过来。他说以后万一过来了呢？三房好，不就多一两千块钱嘛。

到屋子里一看，家具齐全，采光也好，经他们一再劝说，我居然动心了，拍了一个小视频发在亲人群里，问他们意见如何。妻子以为我现场签下了，很生气，说房租就要三千多，以后生活怎么办？孩子拿什么上学？我无法回复她如此具体的问题，只能苦苦一笑。

晚上回到家里，我又打开视频给正在做手工的妻子看，她头也没抬一下，说你怎么哪壶不开提哪壶呢？你觉得那里舒服你搬过去呀，我不管，我就住这里，我不信还挣不到六百元房租。

此后两三个小时，妻子一直忙着"挣钱"，当她一整天挣到二十五元时，已是夜里十点过。临近上床时，我的手机响了，是一个文友打来的，说看了我的朋友圈，想问问人才住房的事。我说你都买房了还操心这个？他说帮一个亲戚问，在私企上班，不是什么人才，老为租房发愁。我说应该可以申请，但不是这个时候。快挂电话时，他又说，兄弟，你无论如何也要租那个三房的，你想想，价值几百万啊，别只顾眼前啊，得为孩子们想想啊，万一他们来深圳打拼呢？你一住进去生活质量就上去了，说不定就文思泉涌了，随便发表一篇小说房租就出来了。

我说好好好，听兄弟的！然后就挂了电话。

上床后，文友的话仍在我耳边回荡，我怎么也无法入睡。在这件事情上，我还真不能听兄弟的，只能听老婆的。我在想，如果过段时间叫我去签约，到底要不要去？在深圳生活了几十年，从没想过买房子，这新建小区的房子突然就可以住进去了，生活质量马上就改善了，这机会要不要把握住？想来想去，我觉得还是要跟她好好谈谈。于是，我就说了文友的意思。

没什么好谈的！她蒙着头说。

我说租一房的也要一千五百元，如果我再把烟戒掉，再勤快点多写点稿子，你再找一份好点的工作，住三房并不难啊！她一听就冒火了，爬起来吼道，你能戒掉烟吗？你写稿子能挣到钱吗？你以为工作那么好找吗？你打个电话回去问问，老人孩子愿意来深圳吗？你以为住进小区就人五人六了？就可以不吃不喝了？孩子来深圳就可以免费上学了？我也想住大房子啊，我还想住别墅呢！

第二天，也就是昨天，她还真打电话回去问了。老人家说家里孩子上学便宜，我们吃药也便宜，老家还可以种点菜，你们两个人在外面没必要租那么宽的房子。

这事儿是她晚上主动提起的。我说孩子大了万一也来深圳工作或者万一哪天收入宽松了，就怕过了这个村没这个店了。她想了想说，到时如果你真能轻松应付三千元的房租，为什么不咬牙买一套呢？买不起深圳的买东莞的也行啊，何必要把自己搞得那么累？你好好想想，两个打工的，在深圳租一百平方米的房子，你不怕人家笑话吗？

想想也是，凡事得量力而行。看着她一分一厘挣钱，听着窗外哗啦啦的春雨，回想起那一栋栋密密麻麻的高楼，觉得人活在这世上整天为吃穿奔忙，真没什么意思。

转眼她就三十八岁了，我们在深圳的十八年就这么过去了。生活有时候真的很简单，也需要尽可能简单。要不要从这里搬走？搬去多大的房间？其实都不是目前考虑的问题。疫情之下，越来越多的人会变得更加辛酸，即便是一个小时只能挣五块钱，据她说去拿货的人也是排着队的。而一段时间之后，还有没有这种加工货外发也是一个问题。

按照她原来的计划，这些货得中午十二点搞完。我坐在电脑前，三个小时过去了，文章写到了四千字，她却提前把货做完了。我算了算，从昨天下午到现在，她四十元的收入，平均下来每小时有七元五角，这大大超过了正常速度。而我敲下的这四千来字，如果能卖出去，税前大概有八百多元。如果卖不出去呢？是不是分文不值？想到这里，我居然笑了笑。

但不管结果如何，我已经记下了这一天。我看了看饭桌上包装好的电子产品，四十元加工费，如果买菜回家自己做饭，确实够我们好吃一顿了。

她已经出门去买菜了。我回到电脑前，想起了早上刚进门时她说过的话："今天是我生日，想吃点好吃的。"

生日快乐！

敲下这四个字，我眼前一片模糊。

2020 年 4 月 12 日

花儿一样的梦

今天劳动节,昨晚我和妻子都做了一个梦。

她说梦见村里的伙伴洗衣服,这次肯定又怀了一个女儿。但她没说梦见洗衣服与怀女儿有什么直接联系,她只觉得这次是真的"中招"了。

纠结了两三天,已在网上挂了妇科的号,下午三点半去医院,但她还是说出了这个梦。

怀上的是儿子还是女儿,我觉得并不重要。我只觉得如果真意外怀上了,多养一个孩子并非坏事。年近五十,一个半老头子,没啥奔头了,如果有机会要多一个孩子,或许生活会更加丰富。

但是,很明显,把孩子生下来,这事儿不现实,也不靠谱。

其实，昨晚我也做了一个梦，但我没讲给她听。我梦见自己独自在这小小的屋子里坐了很久。抽完第五支烟时，我站起来自言自语：我要把满屋子的书扔掉，空出一块地方养多一个孩子。

我是被窗外的鸟鸣吵醒的。醒来后，我摸了摸妻子的脚板，比我的手心暖和很多。半个月前，她找到一份临时工作，干一天有两百多块钱，很认真地干着。她说那是一个体温枪加工厂，湖北老板，招工条件就一个，只要不是湖北的，动作麻利就行。大概一周前，她说好疲惫，额头烫，咳嗽，可能感冒了，便喝了几口糖浆。两天后不咳了，她才突然想起一件事，说整天忙着加班，都忘了上个月啥时候来"大姨妈"了。我说是哦，你再好好想想，别整出什么问题。

我不知道她想了没有。她翻了翻手机说，我做了记录的，怎么可能呢？今天都四月二十八号了，上次居然是三月二十号？！

我觉得也不可能，问她是不是中间有一次忘记了。她拍拍脑袋说，没有，你赶紧去药店买试纸回来测一下。

我急匆匆下了楼，脸上凉凉的，居然忘了戴口罩。夜已经很深了，一些小吃摊仍在营业，那些喝酒的特别吵，也没戴口罩。

转了几条巷子，终于找到一家药店尚未打烊。

早孕试纸拿回家，她并未急着测试。她说明早吧，早上测才准。

这种事儿干过好几回了，几乎测一次准一次。

这次也不例外。

我看着两条刺眼的红杠杠，想不起到底是哪一次哪个家伙居然有着如此旺盛的生命力，居然不知道这人类正被一个比它还小的"新冠"病毒折磨着。

是的，妻子有喜了，我们却一点也高兴不起来。

天亮不久，为了进一步确定这事儿，我决定再买一条价钱更贵的试纸来试试。

在市场旁边，还真有一家药店早早开了门，仿佛专门等着我。守店的是一个年纪跟我相仿的客家人。我选了最好的试纸，并未急着离开。他看了我两眼，指着一排排药品说，要不要顺便带点保胎的药？我摇摇头说，意外，得打掉，家里好几个娃了，娃多了累人。

我承认，打掉孩子是妻子的意思，我不赞成但也难以反对，毕竟生娃奶孩子得由女人完成，男人最多提个建议。

出药店前，我还是问了他关于止咳糖浆对孕妇的影响，他说得看什么糖浆，如果有需要帮忙的，欢迎随时来店里咨询。

因为赶着上班，我没跟他多说话。我小跑着回到租屋里。我已经记不太清这二十年里这么拿着试纸小跑过几次了，反正每次都会跑出一身汗，每次看到两条红杠杠都觉得自己又要做父亲了。

最近的一次是前年吧，也是一不小心，也是今天挂号的那家医院。每次干这种事情，我都陪着，守在手术室外，像一个刽子手坐在冰冷的椅子上，低着头，脑子乱乱的。

这个春天非常漫长，很多女人一不小心就怀上了。怀上之后，对孩子来说就两条路，要么来到人世，要么化为乌有，但是对于女人来说，无论是十月怀胎还是忍痛割爱，都是煎熬和摧残。

在测试早孕这件事情上，试纸的准确性与价钱的高低实在没有多大联系，至少这一次，当它们被滴入同一个人的尿液时，反应是如此的一致。

这已经不是第一次了，她的态度是坚决的，我的心却前所未有的柔软。手心是肉，手背也是肉，去留之间何止一念？

到头来，我们都没权力和能力来决定一个人的命运，哪怕它最初只是一粒受精卵。

我不知道这次意外是否与疫情有关。疫情正在影响着我们的生活，决定着天下大势走向。它到底会如何改变个体对生死和世界的看法？这是一个极为宽泛的问题，本该由政治家、社会学家和哲学家来回答。但它又是一个如此具体的问题，因为我们每个人都经历其中，都必须面对。

各自经历不同，疫情对我们的影响自然也不同。从个人角度看，它首先改变的是对生命的思考。这些年来，在这件事情之前，我也常常想，一个人活着究竟为什么？离开后到底能留下什么？有时我坐在大榕树下望着遮天蔽日的树冠静静地想，如果人是一棵树就好了，病了伤了不知道疼痛，打不还手骂不还口，如果不碰到天灾人祸，它可以活上千百年。有时我会独自站在黑夜里望着天空想，如果人没了这一口气，在深圳这样湿热的天气里，每一滴血每一寸肌肤三两天内就会被微生物破坏，你平时理的发型，吃的美食，穿的时装，甚至所有美好的愿望，都会从这个世界上消失。

自古以来，我们脚下的这方寸之地，留下了多少人的脚印？每个时代都有很多看上去了不起的人物，世界上那些所谓的伟人，甚至传说中的那些神人，开心时你或许会想起他们的名字，不开心时也许会骂他们几句。

芸芸众生，来来往往，无论我们曾经如何努力，如何争强好胜，被人看得如何重要，离开这个世界之后，真没几个人会记得你，更不要说时常会想起你。

但是，昨天晚上，我还是做了那么一个梦。我梦见自己独自在这小屋子里坐了很久，抽到第五支烟时，站起来对自己说：我要把满屋子里的书丢掉，空出一块地方来养多一个孩子。

这个梦，我暂时还没讲给她听，它像路边的花儿一样开过，又像天空的鸟儿一样滑过。

2020 年 5 月 1 日

坐在医院门口抽烟的男人

这是一个年纪与我相仿的男人。他坐在台阶上,背对着医院门口,望着天空一个劲儿抽烟。我在背后盯了一会儿,决定下去向他借个火,顺便说说话。

周六,母亲节头一天,原本正常上班,但妻子在网上挂了号,我只好请假陪她去医院。我们在沙井生活五年了,除了每年体检,平常很少来医院。妻子不是每年都来体检,她经常换工作,有些小公司不要求体检。我每年都会体检,单位要求的,每年体检后都会为自己的健康捏一把汗,但几天后生活又优哉游哉回到了原态。

陪妻子去医院,多是看妇科,具体到这一次,上周五一节假期时来过,医生说尚不能确定是否真的怀孕,需要验血,一周后再检查。这一周里,事情越发明朗,我不再抱任何希望,按照先前的经验,今天检查,明天手术,然后休养一段时间,事情就尘埃落定了,就不再纠结了。看上去,这不是什么大手术,但今天早上我还是早早醒了。我们预约了上次的张医生,早上七点半得去到医院。我凌晨四点就醒了,在村子里转了一圈儿,月亮终于落进了茅洲河,天渐渐亮开了。我找了几家早餐店,就石磨肠粉店生火了。我是店里的第一个客人,要了两份蛋肉肠粉,每份六元,比别的店贵一元,提回家里时又被她说了几句。她说随便买几个包子就行了,没必要整得这么"隆重"。

最早的公交也得六点半发车,早餐后我们在站台坐了二十多分钟才搭上公交,去到医院时已排起长龙。在分诊台前,虽然以女性居多,但仍能见到不少男性。昨天请假时,有同事开玩笑说,凡是陪妻子看病的男人都坏不到哪里去。事实上,据我观察,陪丈夫看病的明显多过陪妻子看病的,所以按照这种说法类推,如果世界真有坏人,那一定是男人多过女人。而到了医院,所有的人看上去都不坏。

我以为工作日看病的人会少一点,其实跟五一期间差不多。排在分诊台最前面的是一位来自四川的老太婆,她不会讲普通话,矮小,特别干瘦,看上去快七十岁了,动作却非常麻利,说单位不好请假,又不懂得网上挂号,五点就坐摩托车来排队了。待七点半时,我不知道她与护士怎么沟通的,终于挂上了号。随后,越来越多不同年纪的女人跨过"男士止步"线,消失在各诊室,而陪同的男士们只好在黄线外焦急等待。其中有一位,好几次想跨过黄线都未成功,他拿着一叠厚厚的报告单子,看上去非常沮丧,不停在厅里走来走去,后来便搭着电梯下了楼。

我跟着他下了楼。

其实我身上带着火机,我跟他借火,只是想找个借口说说话。他不但给了我火机,还给了我一支双喜烟,然后自己又点了一支。我说,你来得真早啊。他点点头说,七点半的手术,双胞胎,真不想流掉。不想流就生下来呗,我说,反正现在国家不怎么管这事儿了。他苦苦一笑说,家里有两个,女人不想生。劝劝呗,我说。劝好几天了,没用,都吃药了,过两个小时就手术了。然后,他丢掉烟头,问我,你也看妇科?我点点头。也是今天手术?我摇摇头说,今天复查。检查挺多的,差不多二十项,连新冠肺炎都要检查,一百六十元,全自费,光检查费都一千出头了,真他妈贵!说到这里,他狠狠踩了踩地上的烟头,然后进了医院大门。

我便跟着进了大门,一同搭电梯朝五楼妇科诊室走去。在电梯里,他不再说话,我也没说话。我在想,到时妻子是不是也要做核酸检查?

我在五楼大厅里坐了一会儿,虽然隔座的椅子上都贴了"此座不坐人,请保持一米的距离"的提示,但人实在太多了,每张椅子上都坐满了人。当然,每个人都戴着口罩,在整个医院里,除了进门时设了发热通道、需要填写"健康调查书"之外,似乎与平时并没什么区别。

我坐在他身边,还想和他聊几句,却没机会插嘴。他不停地给亲友打电话,说女人脾气如何倔强,说什么都油盐不进，说她嫌孩子多了会被累倒，说压力好大日子没法过了，又说生下来就一定能养活，这辈子没别的出息了还不让多生两个娃？万一孩子长大了有出息呢？

他越说越激动，我正想劝他两句，妻子出来了。妻子说，先去做B超吧，哦，不，先缴费。

做完B超呢？我问。

验尿啊，上次怎么做的你忘了？

每次都不一定相同嘛，我说。

有什么不同？我还不信手术从肚脐眼开始！

很显然，在诊室门外等了一个小时，她很不耐烦了。

真的有不同哦，刚才那个男的，说还要测核酸呢，怀了双胞胎。

测核酸？我又没咳嗽！再说了，人家是双胞胎啊，我还没做B超呢，万一没怀上呢？不说了不说了，我尿急了，先别做B超，先验尿。

她在五楼化验室窗口领了装尿的试剂瓶，过了一会儿，拿着尿瓶回来，护士说得拿去四楼检验室。于是，她一手拿着检查单子一手拿着尿瓶子，在人群里穿来穿去。我跟在她身后，几乎快跟不上她的步子了，从口罩里窜出的热气儿模糊了我的眼睛。

B超室也在四楼，诊室外也排了长长的队伍。我觉得里面实在太闷了，想去外面透透气，又不好明说，便说去一趟洗手间。

我急匆匆来到医院大门外，见台阶上坐着一对男女，其中便有先前抽烟的那个男人。男人没抽烟，眼里含着泪水。女人脸色苍白，双手捂着肚子。我来到男人跟前说，兄弟，先送她回家吧。男人抬起头说，哥，请给我一支烟。

我摸出烟递给他，却被女人一把抓过去揉碎了。然后，她便吼了起来：狗日的，说好不抽烟的，幸好老娘没听你的，滚！

这时，我的手机响了。

妻子在电话里说，告诉你一个事儿，快上来！

我说，啥？也是双胞胎吗？

你先上来嘛。

我上去一看，门口仍有很多患者等着。妻子说，你帮我排一下队，我去一下洗手间。

我站在诊室外，脑子里一片迷糊。过了一会儿，妻子出来了，我说，刚才碰到怀双胞胎的男人了。

这时，身后的一个小妹哈哈笑了起来！

神经病，你才怀了双胞胎！妻子说着，狠狠掐了一把我的脸。

待妻子进了诊室，我想，要是我怀上双胞胎了，就让他们的妈生下来！

结果呢，打B超的女医生告诉我妻子，真是双胞胎啊，着床很成功，就这么决定了？

妻子点了点头。

真可惜！女医生摇了摇头。

2020年5月9日

榕树下的剃头匠

从新桥搬来沙井暂居三年有余,三年里我的脑袋基本上都交给一位来自陕西的老剃头匠打理。

起初,他在明珠市场南侧离街道办后门不远的一棵榕树下摆摊。一面小圆镜,一个工具箱,一辆旧单车,是他的全部行头。当时,这一排榕树下有两个老剃头匠。另一个据说是本地人,一名老党员,曾被作为理发志愿者报道过。我那时的住处走单位前门较为方便,仅周末去市场买菜会经过这俩摊点。两人的生意都不错,但不久后,那位党员理发匠或因年事已高不再摆摊,每天早晨天刚亮,这陕西老头的摊前便围了不少人候着。

前来理发的多为中老年男人或小孩,偶尔也有上了年纪的妇人。便宜,理得有板有眼,一年四季老人家都忙。头一年，他收费七元，第二年涨一元，去年年底他收十元。这个价钱的涨幅看起来比菜价快，但与肉价或房价比似乎也挺慢的。他生意好，当然不只因价格低，我甚至见到有人给他二十元找钱也不收的。毕竟，他的手艺本就超过十元。

每次去理发，都会与他交谈一番。因为在单位附近，光天化日之下坐在大路边理发免不了担心有熟人见到。那时我常常想，万一理到一半城管来了，这剩下的半个脑袋怎么办？几年下来，虽然有城管过来劝阻过，挪过几个地方，但终究给了他存在的机会，让他搬去了荣根学校对面的大榕树下。

从日常交流中，得知他来深圳好些年了。他年过花甲，高中毕业，先前在老家开过理发店，儿子学了他的手艺在沙井开理发店。白天他来榕树下摆摊，晚上去儿子店里帮忙。近年来儿子的理发店生意不太好，他摆摊的地点也不稳定，附近几个街道都去试过，时间摆得最长的仍是沙井。据说，前些年他不仅摆摊，中午或雨天还骑着单车帮一家妇科医院发放小广告。后来那医院生意不行了，他便专心理发，一天忙到晚，收入不丰厚倒也好过待在陕西老家。

去年三月起，差不多有半年时间没见到他摆摊，我以为他回老家不出来了，许多街坊也常常来树下向扫地的阿姨打听这个老剃头匠的消息。其间，有过一男一女来树下摆摊，但没几天都先后搬走了，因为他们的手艺实在不值那七八元钱，当是临时起意，随便买了剪刀梳子钻空子练练手艺。

去年国庆节后，终于在荣根学校对面见到了他，整个人瘦了一大圈，双目浑浊。一问，说是家里出了事，大女儿患癌，他回家照顾了一段时间，结果人财两空。在讲述这个令人悲伤的家事时，他正用锋利的刀子帮我修面。我听着心里特难受，很想叫他停下手中的活儿，害怕他一激动划破了我的脸。但我想了想，终没开口。我相信到了他这个年纪，谈论生死时即便谈到自己的孩子，内心也是平静的。他一边讲述着女儿的病痛与离世，一边呼呼地刮着我脸上的胡须。那是深秋的一个早晨，风凉凉地吹着我的脸，地上掉满了金黄的叶子，行人匆匆而过，等候理发的人都坐在石凳上静静地抽烟。后来，关于他女儿的故事我又问过几次。他说这都是命，白发人送黑发人能不难过吗？但日子还得过下去呀，像我们这个年纪的人，不是为了讨生活谁愿意来深圳？

也有好几次，他问我在哪儿上班，我指了指街道办大院。他又问我是保安还是清洁工？我说跟你一样，都是在外头讨生活的人，打份工养个家糊个口。后来有段时间我去了社区图书馆，住处也离原单位远了，但每个月初的周末，都步行到榕树下照顾他的生意。而每年年底回家前，理发的人虽然很多，他却理得格外细心。他说一年到头了，都希望有个新模样回到老家，正月间很多人不理发的，尽量帮你理短一些。

一晃三年就这么过去了。今年是非常特殊的一年。我回深圳早，受疫情影响，元宵节之后仍不见理发店开门，头发似乎比平常长得更快。那时候，大街上很少人行走，但每次从榕树下经过我都会看看他出摊没有。大概到了正月二十，头发实在太长了，街面上的理发店仍未开门。又过了两天，一个商场角落里来了一个经营快剪的年轻人,扫码支付,十元钱一个头。人到中年,都希望头发理得短一些,那年轻人表面上应着好好好,结果理出来的头并不是那么回事。二十天不到,我一照镜子似乎又该理发了。后来两个月里,仍不见那陕西老人在榕树下摆摊,商场里的这个家伙居然做了我三次生意。

　　阳历四月初,老人家终于出现了,可我刚刚理了发,每天早上从他摊前经过只好点点头。受疫情影响,他的生意大不如前,而我几乎每天都在上班,如果上班途中让他把头理了,没地方冲洗,一整天都不舒服,可我下班路过榕树下时他又收摊了。

　　就这么过了一个半月。上个周末,天气晴朗,我却因事把理发的事耽误了。而这一周,几乎每天下大雨,没再见他摆摊。

　　昨天傍晚雨停了,我便想着,如果明天不下雨,一大早就去明珠市场买些肉菜,顺便理发。

　　早上醒来,窗外雾沉沉的。出门时我又看了看天,雨似下非下。周六,路上人少,路过大榕树时仍未见他出摊。路上人不多,市场里人却不少。疫情让很多人的购买力下降了,但对于吃喝大家似乎并不客气,该怎么着就怎么着。疫情后,出于安全考虑,饮食行业确实不如以前,但随着疫情得到进一步控制,至少在城中村,部分食档的生意还是不错的。此外,水果店的生意也挺不错,而服装、美容、美发等行业则明显受到了冲击。这也从侧面印证,疫情让我们的生活变得越来越实际。生活中，那些假里假气、花里胡哨的东西，将会失去不少市场。

从市场出来再次路过荣根学校，大榕树下仍不见他出摊。我摸了摸脑袋上的头发，在石凳上坐了一会儿，发现树干上吊着一个纸牌子。牌子上留了他的电话和几句提示，说是如果下雨就去他儿子的理发店找他。

这么说来，他儿子的理发店还在，于是想，他儿子的手艺应该也不错的。

在回转的路上，我又想，无论这世界怎么变化，无论我们如何卑微，身在何处，一个人如果有一门手艺或某些特长，还是能够活下来的。

或许吧，也仅仅是活下来而已。

2020 年 5 月 23 日

端午也是节

农村有俗话说："闰四月，吃树叶。"从字面理解有两层意思：一是说旧历俩四月，春季被拉长了，农作物生长缓慢，若收成不如预期，这一年的日子难过；另一理解是，闰四月青黄不接，很多门户会揭不开锅。旧时农村，四五月份青黄不接缺粮断炊时有发生。所以，如果硬要"科学"地理解这个说法，应该是第二种。

闰四月的概率还是相当高的，据说仅次于闰五月。今年这个闰四月，受疫情影响，多数行业不景气，高考被迫推迟，无论家中是否有考生，无论经商还是打工，都觉得相当漫长，大有"度月如年"的感觉。

我记得去年，在我居住的茅洲河附近，为了展现治水业绩，曾搞过一次大型龙舟比赛。在端午当天，我作为啦啦队员去过现场，赞助商发的纯棉紫色T恤衫还常常被我当工作服穿在身上。那是我见过的场面最大的龙舟赛，也是离龙舟最近的一次。

转眼一年过去了，如果不闰四月，这端午也该过去两周左右了。连日高温和漫天洪水告诉我们，盛夏真的到了，常年的端午节气过去了，曾经的端午也仅存于记忆中。

天气越来越酷热，我居住的农民房西侧已列入旧改项目，看上去相当空旷。在这烈日炎炎的上午，稍稍来一阵风，开了门窗地板倒也凉凉的，以至于入夏以来我尚未开过空调，夜里一把摇头扇，往床上一躺也能安然入睡。

端午有三天假期，昨晚五六好友相约某茶行，几个家常菜几杯香茗倒也相谈甚欢。饭后十一点归家入睡，凌晨四点竟被风吹醒，再难入眠。

风似乎刮了一夜，窗帘哗哗哗响了一夜，楼下不时传来喝酒打牌的吵闹声，这端午的前夜我睡得并不深，好像还做了一些梦。梦到什么了？我躺床上却怎么也想不起来，眼前尽是那些端午旧事。

儿时端午，门前小河常常暴涨，河水漫过田野，河面阔如长江。那时候，我们最大的愿望就是河水尽快消退，然后提了竹篓或背篓拦在稻田缺口捉鱼。如果运气好，会得鱼虾一钵或半碗，用油炸了也算端午一道硬菜。当然，不是每个端午都会下雨，也不是每个下雨的端午都会发大水，不下雨或下雨不涨水的端午便少了乐趣，反倒多了农活和家务。

不管端午下不下雨，一大早，我们都会被母亲叫醒。母亲早已做好面疙瘩或面糊放桌上。端午已收麦，虽吃不上白米饭，面粉还是有的。面粉分全面和白面。全面不去麸，看上去黑乎乎的，口感粗糙，不易消化，面疙瘩特硬，不得小孩子喜欢，却又不得不吃。做白面费粮，加工费高，大人舍不得多做，一般只在端午前做三五十斤，且一大半又被母亲做成了面条。所以，端午早上能吃上一顿白面馒头或煎麦粑，中午有没有粽子吃似乎已不重要。

但无论生活如何困顿，那时的端午节还是可以吃上粽子的。糯米自然是年前刻意留下的糯谷背去打米房加工的。糯谷产量低，禾秆高，易倒伏，一般农家舍不得多种。若遇收成不好，中秋、春节一过，有些人家便没了糯谷，端午想吃粽子就得去别人家"匀米"。所谓匀米，其实是换米。那时候农家大多穷，以物换物时有发生。粽子是应节食品，包出来是为了给孩子们一个交代。别人家都有粽子吃，谁也不想自家娃眼睁睁看着流口水。换糯米的方式很多，有说秋后还新米的，也有用鸡蛋、麦子或别的东西折算兑换的。

糯米备好了，找粽叶却成了难事。川东人家爱用芦竹叶包粽子，香，凉。一般人家又不爱栽种芦竹，因为它的用处除了叶子外，那竹竿似乎只是丧家行大礼，孝子孝孙用来挂着时才派得上用场，非吉祥之物。芦叶包粽，当然是现摘现包新鲜的好。吃完两碗面食，母亲就吩咐我们出门找粽叶。如果出门晚了，找回的粽叶很细，包起来特别费功夫，常常会被母亲唠叨。

端午当天，一般是母亲张罗家务，父亲一早就下田了。

夏天雨水充沛，阳光强烈，庄稼疯长，施肥扯稗除杂草翻红薯藤，活路一大堆。找回粽叶，我们却很难有机会帮忙包粽子。一是因为糯米金贵，母亲怕我们糟蹋了；二是因为还有很多别的活儿得干，比如扯菖蒲、找艾草。据母亲说，菖蒲和艾草都有防蚊祛邪之效。夏多暑毒，蛇虫横行，把菖蒲切成节串起来戴手腕上或泡水缸里，又或者与艾草一起挂大门口，据说都有功效。此外，母亲还有别的说法，说端午不能坐门槛，不然屁股会生疮。如果不小心坐了怎么办呢？母亲说吃了李子就不会生疮。

所以，端午节在农村吃李子似乎跟吃粽子一样重要。那时候我们家有好几棵李树，未成熟时李子很酸涩，却总有不少伙伴看着它一边长大一边生着"歹意"甚至图谋不轨。所以真到了端午这天，树上的李子也不多了，就算别人家的孩子没机会下手，我们兄弟也会在李子半熟时偷偷敲下来，带去学校交换纸制"豆腐干""鸽儿"一类的玩具。

关于端午的旧事能记起来的着实不多，在乡下它并不是一个特别隆重的节日，甚至有时连猪肉都见不到。那时的粽子做法特别简单，白糯米一泡，鲜芦叶一包，清水一煮，红糖或白糖一拌，三五个粽子下肚后，端午似乎就过了。当然，家住大河边的孩子还有机会看到划龙舟。而我们家离广安大河有三四十里地，几乎没机会跑那么远去看一次龙舟赛。在我家门前小河入口处，有一条大点的芦溪河，虽无人划龙舟，倒也有过几次壮观的抓鸭比赛。赛事简单，把一群鸭子灌醉丢河里，由村里水性好的中青年男子去抢，谁抢的鸭子多谁获胜。我记得，那时候河对面有一对赵姓兄弟，水性好，每年都是冠亚军，其中一个还娶了非常漂亮的老婆，生了一个可爱的儿子，另一个却成了光棍。只是后来，那老婆和儿子都不见了。再后来，赵家的老人去世了，兄弟俩也离开了芦溪河，整个赵家院子至今已是残垣断壁，荒草萋萋，那芦溪河的水也因上游化工厂污染越来越浑浊。

四月已过，即便是闰四月，它终究也会过去的。端午已至，即便是疫情中的庚子端午，它终究还是来了。大风吹了一整夜，雨却没下，两个半小时就这么过去了，此时已近中午，我该打个电话回去了。再过十来天大女儿就高考了，她好不容易有一天假期，下午就得回学校了。

端午也是节，都打个电话回家吧，无论未来日子如何，祝福和期待总该有的。

2020 年 6 月 25 日

生日礼物

今日立秋，旧历仍在六月里。南方接连下了几场雨，天气清凉不少。故乡漫长的雨季已结束，妻子说总算有了夏天的味道，赤脚踩在马路上脚底就会蜕一层皮。

我生于旧历六月，从小对夏天有着莫名期待。小时候过生日，即使见不到肉末，母亲也会想办法煮一个鸡蛋给我，说是小孩子吃了鸡蛋日子过得飞快，一滚就是一年，一整年就会顺顺利利。

日子确实过得飞快啊，一滚四十七年就过去了，连最小的女儿今天也六周岁了。

六年前她出生时，也是个旧历闰年，恰好就闰六月，晚我五天过生日。她是在西乡一个工业区宿舍里被她娘怀上的，第二年五月，她娘回老家待产。按预产期，我以为她会在我生日前来到这个世界上。妻子怀她真不容易,临产前一周双脚肿得落不了地,只好进了医院。那个闰六月的早晨,我坐在工业区大榕树下,等待来自故乡的喜讯,阳光金黄金黄的,落在叶片上格外闪亮。

电话是岳父打来的。他说这下放心了,母女平安,你又做爸爸了。

晚上下班后,我去小店抱了半箱啤酒,称了两斤花生,约上几个工友,去宿舍天台上好好庆祝了一番。

俩月后妻子须返回深圳上班,便与孩子外婆一道来了宝安西乡。宿舍在顶楼,没装空调,虽已近国庆仍挺热。小家伙模样像她娘,到第四个月时胸口长了一个大疮,白天黑夜哭。那几天岳父在老家身体也不好,说是胃被寄生虫咬了一个洞,吐了一摊血,住进了医院,岳母只好带着病中的小孩回了老家。

春节前夕,我与妻子也回到了老家。小女儿的疮虽然好了,却整日咳嗽,呼吸时喉咙"呼噜呼噜"响,去镇上看了医生仍不见好转。大年初三,我便背着她去了市人民医院,吊针三天,吐出一摊浓痰,数日后才痊愈。

印象中,她一直都比较瘦小,性格与我很是不同,爱说话,爱笑。四岁前她一直生活在乡下,每年春节回家都会带给我许多快乐。而年后返深时我问她去不去深圳玩,她总说深圳不好玩,在妈肚子里就去过了。后来住到镇上开始上幼儿园了,她成天与老人家生活在一起,就更不想来深圳玩了。

去年正月初三下午,我们在街头玩,她见一小男孩玩平衡车，眼巴巴跟在背后跑。男孩的父亲也在深圳打工，虽然不认识我们，仍叫儿子把平衡车让给她玩一下。别看她平时挺调皮的，刚上车时非常胆小，得由我扶着才能移动几步。慢慢试过几次，她基本能独自行走了，那小男孩却吵着要回家了。

看着小伙伴离开的背影，她的眼泪流了下来。

看着她的泪眼，我的心酸酸的。我说，咱们回家吧，爸爸回到深圳一定帮你买一辆平衡车寄回来。

回到深圳后，我竟然把这事儿给忘了。我生日前一天，她给我打电话，说完生日快乐，然后问我：爸爸，我也快过生日了，你送我什么礼物呀？我说你妈在家呀，喜欢什么就叫她买呗。她说我不要衣服，也不要蛋糕，我要平衡车。我说好好好，爸爸给你买一辆。

一辆平衡车多少钱？我记得当时问过小男孩的父亲，他说一千多。给孩子买个一千多元的玩具，妻子有些舍不得。她说小孩子年年都过生日的，再说这平衡车也没什么好玩的，还危险，最好别买。我说我有空去网上看看，说不定有便宜一点的。

接下来几天我特别忙，竟然又把这事儿给忘了。前天早上，我打视频回去，想问问她暑假要不要来深圳玩。电话是她接的，她说其他人都出去了，就自己在家做作业，如果姐姐来她就来。过了一会儿，她却哭了起来，说妈妈不想带她来，因为过不了多久就要去学校报名了。我这才想起她妈确实说过，因为是一年级新生，学校要求八月中旬报名。我说那就明年过来呗。她突然止住哭声，说咱们先不说这个了，我还有三天就过生日了，我的平衡车呢？我说我这就去看，你生日那天肯定能收到礼物的。

为了买这个平衡车，我下载了拼多多。上拼多多一看，它并没有我想象得那么贵，一千元以下的挺多。我知道，她长期与老人们生活在一起，他们不会让她过多玩这种危险的把戏，如果买小米什么的品牌货，两千多元就更难接受了，选来选去，便挑了一款两百多的。

下单后我看了看物流信息，说是须三到五日才能到达。货是从浙江发往四川的，女儿能在生日这天收到礼物吗？如果礼物迟到了她会生气吗？

这些天里，一有空我就看看那平衡车到哪里了。虽然它很普通也很便宜，却满载着我的心愿和孩子的期盼。早上，它终于到达物流公司广安总部，而这总部恰好就在我们租屋附近，我心里的石头总算落地了。

上班路上，我打电话叫妻子问问物流，啥时候可以拿到平衡车。过了一会儿，她说分拣员还没收到货，应该快了。上午十点，妻子打来电话说平衡车到了，孩子试了几次，尚不能掌握平衡。

我能想象出女儿胆怯地踏上平衡车的样子，她心里肯定非常着急，她一定想在生日这天学会使用。中午，我打视频回去问她开心不。她说开心，谢谢爸爸。我问会踩了吗？她说不会，但是不着急，总有一天会的。我又问晚上有生日蛋糕吗？她说不知道，因为你前几天过生日家里来了好多客人，不知道今晚谁会来。我说平衡车都买了,肯定有蛋糕吃的。她说真的吗?那真是太好了。我说那我挂电话了哦,我得午休一下。她说慢点慢点,你还没祝我生日快乐呢。

或许,这是她六年来最快乐的一个生日吧。明年生日,我该送她什么礼物呢?一辆儿童单车?

2020 年 8 月 7 日

房　子

　　我仍记得去年年末从村北搬到村南的情景。那些书籍、鞋服、锅瓢碗灶等小物件，大多是妻子利用休息时间一袋袋提过来的。而冰箱、桌子等稍大的物件，则是刘郎兄从塘尾开着三轮摩托帮我们拉过来的。

　　搬过来的第二个月，大概旧历冬月末，收到一条通知，说可以申请人才安居房。根据不同积分，能申请到的租房面积自然不同。只要具备大专文凭，即使单身也可以申请单间。这些房子位于三个地方，一处在邻近街道某工业区，另两处分别位于沙井东北和西北部。租金从每平方米二十一元到二十八元不等，看上去并不便宜。

　　见有无房的同事填了申请表，我也填了一份。我没什么文凭，有个职称证，加上两个娃，按照相关标准可以租到一个九十平方米左右的三房。复印资料那天,我翻出职称证,觉得这个小本本在家里搁好几年了,现在终于派上用场了。因为积分实在不高,我并没抱什么希望,因为类似的表格先前也填过好几次,最后都不了了之了。

大概一个月后,我又接到了一条短信,说第二天可以去看房了,在一个新建的小区里。当时正好请假回家过年,没赶上。年后,我早早回到深圳,以为他们很快会通知再次去看房,结果碰上了疫情,一拖又是两三个月。

两三个月后,疫情开始好转,我又接到了看房消息。到小区门口一看,那真是一个大盘,十几栋已装修好的高楼在春日里闪闪发光,此外还有好几栋正在施工。对于深圳的房子,我基本上从未关心过,因为买不起。面对这个大盘,我上百度看了看,原来是商品房,售价已过五万。然后我又算了算租金,加上管理费每平方米已超过三十元,按照我当时的住房租金六百元算,在这里还租不到二十平方米,可这里面有二十平方米的房子吗?

到了签到处,一看名单,我居然可以选一套九十平方米的三房!租九十平方米每月得多少钱呢?工作人员说其实也不多,不到三千。我说三千元还不多啊?超过我半个月工资了。她说真不多啊,你都中级职称了,怎么可能这点房租都承受不起?

我正想进一步解释,与我一同去看房的一个五十来岁的男人说:"我是前几年才来深圳的,高级职称,没买房,我可以租四房。走,咱们上去看看。"

在深圳这么多年了，天天从高楼大厦下经过，还没见过价值达数百万元的四房两厅的新房子长什么样，便跟着上了楼。

房子确实比我想象得漂亮。站在二十几层楼上看过去，真有一种居高临下的感觉。如果坐在这么漂亮的房子里，应该可以写出满意的作品了吧。于是，我问工作人员，有没有小一点的？比如一房一厅或者两房一厅的，单间也行。她摇摇头说，没有，全是三四五房的，小的本来就少，早就被人选了。

就这么眼睁睁看着新房子从眼皮下溜走？我想了想，决定壮着胆子给妻子打个电话，问是不是应该租个三房的。

妻子一听就火了，她说你真是钱多得没地方放了啊？两个人，租三千元钱的房子？三千元在老家可以租一年了！不要！

好吧，不要。

晚上回到家里，两人又为这事儿杠了一气。第二天，在上班的路上，我又好好想了想，觉得这六百元的农民房，除了周围比较吵闹外，其实挺合算的，而且，以自己目前的收入，房租超过一千元似乎就有些吃力，以后呢，凡是通知看房的，必须先问问，三房的就别去了，也别想了。

后来，还真又收到两次通知看三房的。每次我都把信息转给她。每次她都问：干吗？你到底什么意思？然后呢，我就回一个捂着脸笑的表情。

上周末，又收到了一条看房信息，说是有单房和复式两种，面积在三十到五十平方米左右，但位置离单位比较远，位于工业区里面。

晚上，我特地去那工业区看了看。那房子真位于工业区里面。于是我百度了一下，说是离地铁站八百米，十好几栋，属于大型人才安居工程。附近有一片被拆掉的空地，离地铁站的实际距离估计有三里地，五六层的样子，确实有十好几栋。看得出来，应该属于棚改项目，是由工厂宿舍改装而成的公寓。我没见过真的公寓长什么样，很好奇，想上楼看看。但工作人员已下班。一楼有一家新开的士多店，没什么生意，我进去买了一瓶水，顺便打听一下。老板说每天都有人来问这房子，但是不对外出租，房子装修得不错，早点搬过来吧，搬过来我们才有生意。我说工业区里怎么没生意呢？这么多工厂。他说今年工厂不行啊，人少了好多。我说不行怎么门口还贴了那么多招工广告呢？他说有些厂还是行的，比如对面的厂。一说到工厂，我便想起一件事，觉得如果住在这里，过段时间她出来找工作也挺方便的。

返回步涌时，我给她打电话，说有单房了，如果想住大一点的可以租复式的。她说得多少钱啊？我说不超过一千块吧。她说随便你，自己看着办。

我能怎么办呢？到时去看看呗。

选房签约的地方却不在工业区，在区人才服务大厅。于是周二中午，我便急匆匆向区人才服务大厅赶。

我以为人才大厅会人山人海，结果就那么十来个人。工作人员说，你们先看看吧，等一下按积分叫名字，叫到名字的给你们三分钟时间考虑，然后签合同。

　　我是倒数第二个被叫名字的。我见前面两个都签了合同，便跟着签了。选房时，大家不知如何下手，因为有的没去看，有的看了也记不住哪是哪。

　　我选了31栋的302房，三十四平方米多。恰逢台风期间，签完合同外面下起了大雨。我躲了一会儿雨，待雨小了些才按原路返回。从服务大厅到公交站台有两三里地，我没带伞，冒雨走在大街上，看着按过红印的指头，脑子里突然乱了起来。这合同一签就是三年啊，为什么不顺路再去看看那房间到底怎么样呢？

　　下了公交，雨又大了起来。我在立交桥下躲了半个小时，眼看着人家快下班了，便冒雨朝工业区里的人才公寓跑去。

　　公寓里的工作人员说，你选的房间还没贴门号，这样吧，你看看办公室这一栋的202，户型都是一样的，带阳台，不错。

　　我去到202，转了一圈，觉得它并没我现在租的地方大。我现在住的地方有独立的厨房、厕所和卧室，如果算上车费，这里每月的开支将多出三四百元。而且，妻子仍在老家，过几天就得搬过来，搬家又是一件麻烦事。

　　怎么办？合同已经签了。

　　雨仍在下，只是稍微小了些。我出了工业区，突然觉得很饿。走了两条街，只发现一家潮州粿条店开着门，进去一看，最便宜的牛肉面也要二十元一小碗，比步涌村贵多了。

　　一边吃面，一边打听附近哪有商场或市场。邻座的说大商场好远呢，菜市场更远，前面右拐有个卖菜的小商店。

他这么一讲，我的心就凉了。

晚上回到住处，有朋友约饭，三五知己围一起，突然说起了房子。他们说哪里的房子又涨价了，谁又换了大房子，谁又准备在隔壁街道买个小产权，因为那里的小产权涨到三万多了，估计这附近的马上也会涨。还有人说他一个朋友在等摇号，一个新盘，摇中了一转手就可以赚百把万。我听他们说得实在起劲，便插话道，我今天也去看了房子，合同都签了，过几天就搬家。他们当然知道我说的是人才房，说挺好啊，是该享受享受了。过了一会儿，又有人说，好什么好？很多人才房都没人住，位置太偏了。另一个说，不会吧，新闻说好几十万人排队轮候呢，据说有的可能要等四十年哦。当然啦，也有不好的地段，我还听过一个段子呢，说某地把旧工业区的宿舍改成公租房，结果呢，一个打工妹通过积分、考文凭、入户等努力，好不容易轮上了，去看房时，才发现是她以前住过的宿舍。

听到这里，我禁不住苦苦笑了一下。记得有一年，我领着妻子找工作，好像也去过下午看房的工业区。

后来，他们问我到底签了哪里的合同？是多大的房子？搬新家时要不要摆几桌？我说就在工业区里，屁股那么大一块，摆啥酒哦，我都想弃租了。

晚饭后，独自走在回步涌的路上，看着租屋附近被拆掉的老旧工业区，想象着这一片即将拔地而起的高楼大厦，我趁着酒劲儿给房东打了个电话。我说我分到人才房了，月底就搬走。房东是个老好人,他说哦,好啊,是免费给你住吗?我说不是,也要给钱的,只是比市面便宜一点。

我真不知道市面的房租到底多少。我只是觉得,如果跟福田或者南山比,那租金确实便宜,但与自己现在住的地方比,确实贵了一点,而且,三元一平方米的管理费也确实不低,离单位又远,坐地铁两头的步行时间加起来差不多可以从步涌到单位了。搬去一个差不多大却远得多的地方,却还要多出钱,这不是自找苦吃吗?

但是合同已经签了,就差付保证金和预交房租了。保证金是三个月房租,两千多块,房租每季度一交,这样一算,恰恰是我一整月的工资。如果租那个所谓的小区里的三房呢?得三个月工资。

那一整夜,我都在想这个问题。第二天早上九点,我决定打个电话问问能不能弃租。

工作人员说可以呀,你来服务大厅写个申请就行。

第二天写完弃租申请,在回家的路上我想,那一式四份的租房合同,是不是深圳最短命的租房合同?

晚上回到家里,想到合同已解除,便再次给房东打电话说不搬了。他说好啊好啊,你安心住下来呗,别动不动就搬家呀!

那就不搬了呗,我看着满屋子东西想,既然不搬了,就把屋子好好收拾一下,多收拾出一平方米,按照市场价算,至少值五万块呀!

虽说这是一房一厅,但厅确实不大,一张电脑台、一张餐桌、几箱书就把屋子塞满了。电脑桌上有两台电脑,一台是十多年前买的,早没用了,必须处理。书呢?早前清出一箱可有可无的。此外还有一台旧电视机。这三样一处理,应该可以空出一平方米。

恰好楼下有个废品店,下去一问,老板娘说书五毛一斤,电脑看内存大小,100G的五十元,80G的十五元,电视嘛,五元钱一台。

在一个房价数万元的城市,虽然我也很穷,却没兴趣跟老板娘因为这点废品讨价还价。而且,她还乐意帮我把废品搬下楼。

三样东西算起来值二十七元钱,最后她给了我三十元。我说没钱找,她说算了,下次卖废品再说。交易过程中,她男人一直坐在店里抽烟,没正眼看过我们。店里堆满了废品,门口有五个小孩子围在一起,有的做作业,有的吃饭。看着这些孩子,我笑着问是谁家的这么多?她笑笑说,你说呢?全是我们家的。

在中国,现在养五个孩子的大多是潮汕人,但听她的口音似乎是江西人,或许她嫁了一个潮汕男人吧。回租屋时我又想,不管她嫁了什么人,反正人家靠收废品能在深圳养活五个孩子。但是,如果这五个孩子都在深圳成家呢?他们需要多少房子?

其实吧,就算在深圳成了家,也未必就得在深圳买房,比如自己,在深圳生活了近三十年,从没想过买房子。老家的房子前几年拆了,所谓的安置房年前挖了一阵地基,据说因为多种原因停工了。而在我们家租房附近，那一片荒山早已修整为一个大型城市公园，公园附近的房子才五千多一平方米。

或许吧，就像妻子说的，在深圳节省点，真想住大房子，再存点钱回老家买呗。

这话她说好多年了，年年说，也不知道还要说几年。唉，房子！

2020 年 8 月 21 日

东塘街

我来沙井仅仅六年,关于东塘街的记忆,一些是感受,一些是听来的。

记忆中,东塘人一天的生活是从早上那份肠粉开始的。在东塘街大大小小近百家店铺里,开门最早的就是肠粉店。卖早餐的多是粤西或粤北人,正宗肠粉需现磨粉浆,黏糯得当,调料佐以姜蒜、酱油、香菇等浓汁,入口香滑。在东塘街,老牌早餐店可经营数十年,那肠粉也足份足量,若配上一杯温热豆浆,便是庶民百姓一天最美好的开始。

我去东塘街多在晚上,那里可以买到相对便宜的衣服和鞋子,各档次都有。那时候一到傍晚,东塘街给我的印象就是拥挤,人和车都特别多,满大街活色生香,极富人间烟火味儿。作为一个外地人,我常常觉得自己比本地人还热爱这条街。在这里，可以买到我们生活中需要的一切，可以吃到不同风味的小食，可以感受到不同特色的文化，无论你来自哪里，都可以听到熟悉的乡音。在沙井生活过的外地人，几乎没有不来逛东塘街的。它算不上一条长街，却经常拥堵，有时候每前行一步都需过关斩将。那时候没有京基百纳，没有新沙天虹，作为工业重镇，外来人口多，即使是本地孩子也会常常来这里看书、买水果。我曾编过一篇本地学生的稿子，说那时候东塘街有个新华书店，父母忙着赚钱养家，他自己无所事事，每天就去书店溜达，看看动画书，探究各种新奇小玩意，学到不少东西。

在东塘街，无论饮食还是日常用品，都难以找到特别有名的大牌子，一切皆为大众准备，看上去都那么物美价廉。那时候，人们收入大多不高，生活相对简单，没今天这么喜欢攀比追求名牌，只要生活踏实衣着得体就行。我记得，我和乡亲们在东塘街买过的衣服很少有超过一百元一件的，吃过的东西人均很少有超过二十元一餐的。我不是特别喜欢买衣服，却喜欢吃东西，所以东塘街给我印象最深的就是饮食店。一到周末或晚上，几乎每个食店都爆棚，来碗糖水，来份小吃，然后谈天论地，总有聊不完的话题。

那些年，站在东塘街，也只有站在东塘街，你才能真正感受到什么是市井生活，什么是沙井气息。无论是服装店、精品店、奶茶店、早餐店，还是音像店，随便提起一个名字都能找回岁月痕迹。比如"洪绍明凉茶店"，在东塘街开了近三十年，是沙井历史最为悠久的老店。"四海牛杂王"在东塘街的存在时间虽然不长，吃过的人却感觉回味无穷。当然，你一定还记得，小时候东塘街的烧腊数陈记的最好吃，东塘街的衣服一定是文华药店二楼买的款式最多，而且，那上面还有桌球城呢。

当年的东塘街之所以如此繁华，与东塘的地理位置分不开。在东塘街附近，有医院、学校、邮局、书店、电影院、银行、派出所和镇政府大院，是沙井数十年里最为热闹繁华的地段。离东塘街不远的公园旁，是大家最喜欢去娱乐吹水的地方。榕树下有剃发的老匠人，有透过铁丝网看人家钓鱼的耄耋老人，还有一桌又一桌打牌的男男女女，热闹中带着祥和安逸。而在东塘街东南面，则是沙井大街，那里有长长的巷子，古村落、古祠堂、古寺庙、古井、古树星罗棋布，极富沙井人文特色。

民以食为天，我还是重点说说东塘街的食店吧。东塘人晚上喜欢去大排档吃蚝鸡粥。据说有一家开在榕树下的粥店非常火爆，白天基本不营业，到了晚上七八点阿姨们才出摊。于是，傍晚之后，周围街坊赶集一样准时到场，就为了吃一口老味道。那时粥店里食品种类并不多，但每一道都是老广人的回忆，比如薯生、蚝鸡粥、猪红粥、鸡脚、鸭脚、竹箦水等，人均不到二十块钱，味美价廉。招牌菜自然是蚝鸡粥了，用勺子一翻，满满当当的蚝和鸡肉，香滑鲜美。若再配以花生米、咸水粽、红薯生和炸过的米丝条，真是酸爽至极。

说起东塘街的小吃，不得不说糖水店。与沙井其他地方一样，东塘人去糖水店喝下午茶早已成为习惯。传统的糖水店多为化州人所开，主要经营绿豆沙、银耳莲子、清补凉等小吃，做法看似简单，价格也较低廉，特别受女孩子喜爱。在东塘街甚至整个大沙井，提起糖水店都不得不重点说说"点品集"，它与传统糖水店不同，从装修到卖品都非常新潮。那时候一到中午，"点品集"便挤满了人，有时门外还排着老长的队。这里的糖水种类很多，小吃也非常有名。三个人点满满一大桌也不会超过九十块钱，糖不甩、芒果冰沙、西米露、喳咋、蒜蓉鸡翅尖……都是东塘人最熟悉的味道。其中，芒果冰沙、西米露超好喝，清新的口感加上特制的糖水，满嘴都是夏天的清凉。此外，薯生、鸭脚粟、汤花枝丸、灰粽干等特受食客欢迎。其中，吃薯生很有意思，先端上来一碗浸在冰凉糖水中的鲜红薯丝，又拿来炸粉丝、炸花生、炸灰粽干等全泡一起，搅拌均匀，别有风味。灰粽干是粽子晒干后炸过的，没来过东塘的人肯定没吃过。

在东塘街"点品集"斜对面就有一家正宗的梅县腌面，老板和老板娘都是地地道道的梅县客家人。每天凌晨六点，老板便起床打面，十余年如一日起早贪黑。这纯手工制作的面条，绝不是在外面想买就能买到的。客家人的"腌面"做法讲究，得把高筋生面放进水里烫熟，面条上下翻滚逐渐松散，然后用大漏勺捞起，配上蒜蓉、葱花等佐料搅拌均匀即可食用。他们手打的面条很有嚼劲，弹性十足，颜色金黄，爽口香滑。吃腌面，自然少不了一碗三及第猪杂汤，一口腌面一口汤，既解腻又开胃，美味营养。三及第汤清淡健康，清肝明目，枸杞叶熬猪杂，能去除腥味。腌面店里也卖小吃，比如客家柠檬鸡爪，酸酸的，微辣，炎炎夏日消暑开胃，深受女生喜爱。盐焗鸡爪和鸡翅，均来自梅县走地鸡，肉紧，嚼劲十足。此外，这里的苦瓜肉片汤、肉丸汤、酸菜肉片汤等也极富特色，且店面较大，干净明亮，充分体现了客家人勤恳、踏实、纯朴的生活态度。

东塘街头随处可见云吞面、臊子面、牛肉拉面和牛杂面，可谓面面俱到。在东塘街与辛居路交会处，有一家富营鲜云吞面店。那是一家连锁店，在东莞一带有不少分店。那时候无论牛腩面还是云吞面，价格都是五元，相当实惠。不过，面条不是传统的广州银丝面，而是未加过枧水的普通面，不够爽滑。在"点品集"对面还有一家牛杂面，虽然可以吃到牛腩、牛百叶、牛肠等，面却是方便面，想吃萝卜或海带得另加一元钱。而这些面馆中，经营较久的或许是化隆拉面了。拉面师傅的水平似乎不太稳定，好吃的时候面条口感接近味千拉面，软而糯，不好吃的时候味道一般，这或许也因了食客感冒没找到口感。化隆是青海的一个地方，来南方做拉面的特别多，地位与福建沙县相似。这种小店一般为家庭式经营，说不上规范，味道好不好，可能与食客心情有关。不过，这家店的生命力特别强，前几天我路过东塘街，见大部分店子都关门了，它仍在营业，且生意不错。

在东塘街中部还有一间岐山臊子面很有特色。它看上去特简朴，就几张桌子，北方人喜欢光顾。那里的臊子面酸而辣、油厚、臊子多，价格也便宜，店名好听：一口香。那时候一碗面就可以卖到十元，每口面里都能吃到臊子。

东塘街紧邻沙井大街，饮食中自然少不了蚝，但除了几家烤蚝摊子，想美美吃一餐好蚝还真不容易，毕竟蚝的价格不菲，不是普通人每天都消费得起的。从东塘街出发，沿辛居路走过去，一路上有不少撬生蚝的小摊，现剥现卖。蚝的吃法很多，可以香煎、葱姜炒、蒜蓉蒸、粉丝红烧、酥炸、矿泉水煮、烧烤等。当然，想吃正宗的沙井蚝大餐，最好是去老街。

总而言之，这东塘街既有本土历史的厚度，又有外来文化的融合，看上去很杂糅，内涵却很丰富。毫无疑问，在沙井，东塘街才是深圳最真实的样子，如今它已被纳入城市更新规划范围，相关拆迁工作已启动，一间间店铺正逐渐消失，但那些记忆是不会褪色的，那些满大街的"拆"字标签仍那么鲜红，那些楼上的房间以及楼下的店铺，仍留有芸芸众生的痕迹。

2021 年 6 月 2 日

月色不再撩人

几乎每个能见着月亮的夜晚或清晨，沿河独自行走，我都会望望天上的月亮。晚上看到的多为新月，清晨看到的自然是残月。在城市的路灯下看月亮，即使是月圆之夜，那月亮也不过是挂得更高更为明亮的一盏灯，不过是走累了或者看手机困了活动活动脖子，极少会联想那些花前月下的往事或难以打捞的岁月。

是的，住在城里偶尔我们会抬头看看天上的月亮，却很少找片公园里的草丛或河岸边的石墩坐下来，好好想念一个人，回忆一些事，更难得回到家中铺开稿子或打开电脑写上几句话。即使发个朋友圈，那照片上的月亮也与我们目之所及或记忆中的月亮相去甚远。科技改变了我们的物质生活，也令生活失去了诗意。于我，顶多仅在中秋前后这样的夜晚心里才会起些波澜，才会突然想起些什么，然后独自坐下来敲几行言不及义的字。

在古往今来的文学作品中，关于月亮的记述实在太多，在已然消逝的岁月里，无论长短苦乐，与月亮有关的过往总会有或多或少的交集。但真要让我们回想，能记起来的也不过广为流传的几首诗歌、几篇文章、几个故事。是啊，月亮一直都在，有时她愿意坦然相见，有时却躲躲藏藏。她高高在上，她的光亮虚无缥缈，你抓不住也留不住，甚至于，那些关于月亮的梦竟一个也想不起来了。

早已过了见月伤怀的年纪。独自行走在步涌排涝河南岸，月亮已高高升起，似圆非满。天终究是凉爽些了，河两岸的工业区一些早已拆除，剩下的厂房里有的亮着灯，偶尔传来声声机鸣，有的黑乎乎一片。天是转凉了，天空却没有意想中的清朗，似有云尘飘浮，这八月十四的月亮看上去略显沧桑。快到蚝乡湖公园时，路上的行人多了起来，有拖家带口的，有与我一样独自随便走走的。与往日相比，抬头望月的人明显多了。但这月亮似乎真蒙上了一层薄灰，实在没什么看头。他们跟我一样，也就抬头看了看，然后继续走路。

公园里，大部分人都在走路，极少有人坐下来。那些极少数坐下来的人，无论成双成对还是形影孤单，都没人再抬头望着月亮发呆。

是啊，我们有多久未曾望着月亮发呆了？在公园里，望着月亮呆一阵子，不管是一个人，还是一对牵手的男女，那月光下的身影都将是一幅难得的画。或者坐下来，坐在树下或草坪里，低头沉思，无论是否在思念一个人、回想一件事，那都将是一幅动人的画。

在城里待久了，月亮似乎也生疏了，它不再那么亲近与自然，不再让我们思绪万千。即使是中秋月圆夜，我们赏月，拍月亮，最主要的目的也就是发个朋友圈。"朋友"越来越多，圈里的月亮大同小异，关于这个节日、这个夜晚，话题与祝福也多为雷同。那些乡下的月夜，那些年轻时关于月亮或月光的往事，我们多已忘记，甚至于我们不再习惯坐在月光里，好好想念一个人，哪怕是最亲近最刻骨铭心的人。

明日就中秋了，但愿天空更明净些，月光更清澈些，这样，我们才可以好好想念一个人，回味一些事。如果这些都没有，都不值得，不妨想象一下乡下，那些月光如水的夜晚。如果你曾经生活在乡下，我相信，只要肯去想，一个人静静坐在某个地方，望着天空，明晚此刻，总会想起一些什么的。

2021 年 9 月 20 日

有酒有肉就是节

对于一个常年在外的人来说，回家的打算从离家那一刻就有了。疫情发生前，春节和暑假都会回一次家，每次待个三五天，实在不多。我常常有一种幻觉，觉得人生实在不可思议，孩子们突然就长大了，有的上小学了，有的上大学了。而这近二十年里，我与她们相处的时间竟未超过两百天。有一次我对大丫头说，惭愧啊，十九年了，平均一年还没吃到一次老爸做的菜。疫情发生后这两年多里，我就回过两次家，最近一次是今年元旦。元旦早过春节，等春节想回去时，疫情突然紧张起来，动不了身，于是打算暑假回去，可五一后江苏、湖南等地疫情又吃紧，仍回不了。那就中秋、国庆吧，双节之间有五个工作日，恰好与年假连休，两周多，在老家待十来天，还可以绕道武汉去学校看看大丫头。但人算不如天算，一周前，闽南疫情又起，家在省外，单位规定不能离开广东，这回家的事又泡汤了。

一个人在外面就这么慢慢习惯了，那就待在深圳吧，假期里说不定还可以写写东西。

我已经很久没写点像样的东西了。一戴上口罩，脑子就麻木了，对这个世界的反应就迟钝了。这是以前从未有过的感受。或许吧，这也只是不想写东西的一个借口。从心底讲，我觉得写作越来越没了意义。想写的东西，未必可以见人，未必讨人喜欢，未必可以变现。当然，那些只是我想写的东西，到底能写成什么样子，已越来越没了自信。

不写也好，不写有不写的清静。

但有时又想写几句，比如昨晚，一个人在河边转了一圈，回来写了个千字文，引起不少朋友共鸣，蔡德林老师转发时还表扬了一句，说"先生好文字，好情思"。自己的文字自己清楚，自然好不到哪里去，但那千字文，情思倒是到了，毕竟我们都在城里生活多年，对于节庆、自然乃至万物的看法确实麻木俗套了。

一年一中秋，在中国，这真是重要节日。月亮圆了，秋收了，天气清爽了，正是农人团聚庆贺的好时节。甚至有人说，这是一年中最好的季节。这样的日子却不能与亲人团聚，自然更难以忍受朋友圈里满屏美食的折磨和"每逢佳节倍思亲"的感叹。可这于我，又能具体做点什么呢，唯有文字表达。

白天是没办法写的，要去社区值班。我住的地方离我们部门挂点的蚝乡社区比较远,单程步行得一个小时。我有早起的习惯,喜欢步行,去蚝乡社区也不是一次两次,如果时间允许,都步行。步行要经过沙井老街。我是七点半出发的,行至老街时,卖蚝的、卖时菜的、卖牛肉羊肉的、杀鸡的,每个摊点前都有一些人。在沙井,无鸡不成宴,何况中秋是大节,所以买菜的女人手上几乎都提了鸡。这年头,对于深圳人来说,就算是打工的,大部分人过节还是吃得起鸡的。我人胖,平常也不是特别喜欢吃肉,从老街经过并不是为了买鸡,只想去看看,疫情下,过节时人们对生活的态度。

跟我想象的差不多,大家该买啥就买啥,想吃啥就买啥。顾客不是特别多,一因离这儿不远有个明珠市场,二因物流越来越发达,蚝壳堆积如山,那些美味鲜蚝大部分是通过跑腿或老板的伙计送出去的。我没问蚝的价钱,估计得八十元一斤,虽然喜欢吃,但也不会轻易买来吃。我对生活质量不是特别讲究,做饭炒菜仍保留着厚重的农民底色。我在深圳没有一个亲戚,朋友也较少来串门。房子太窄了,来三五个人都没落脚的地儿。所以我们家的碗不会超过十个,而且多是以前在工厂用的那种经摔的不锈钢碗。这样的碗装了山珍海味,用最新款的苹果手机拍出来发在朋友圈,人家仍会觉得是家常菜。单位有饭堂,妻子离开深圳后,我每个月顶多做五次饭。做饭少,也没什么厨具,连抽油烟机也没装。炒菜油烟大,所以呢,爱做面。做面方便快捷,肉菜一锅出,一碗装,省事儿。

今天早上我煮了鸡蛋面。鸡蛋是单位发的福利,面是一个月前妻子留下的。离开深圳时，妻子还留下点瘦肉，至今仍在冰箱里。此外，单位也发了月饼和饮料，所以这个节，基本不用去市场了，如果中午继续吃面的话。

中午下班后，路过市场，站了站，没进去，决定中午还吃面。有面有肉有青菜，一个人足以应付这个节庆。

一个人过日子，应付真不难。

中午刚吃完面，接到一条信息，是住在同村一隔壁部门的同事发来的。她说，下午去你家喝茶吧。我没立即回复她，看了看屋子才说，有点乱，房子又小，喝茶可以去喝茶的地方啊。她说没关系，房子小是没办法了，但是乱可以收拾呀，我们潮汕人就喜欢喝茶，何况是过节，怎么可能没人陪你喝杯茶呢？

这同事离我租住的地方隔两栋楼，实在不好推辞，于是我说，好吧，下午还上班呢，你晚点过来吧。

下班回家，路过市场时，我又站了站，实在不知道晚上吃点什么好。面是肯定不能再吃了，再吃就真对不起自己了，至少得换个口味吃炒粉什么的。好吧，回家炒米粉，可以蛋炒粉，也可以肉炒粉。

从步涌市场到租屋，得经过一条小吃街，当然那条街上也不全卖小吃，还有湘菜馆和河南菜馆。这些饭馆中，河南人家生意最好。有河南朋友来，去吃过几次，味道当然不如我们川菜馆亲近，但远远闻着也香。过了河南人家是一排烧烤店，那肉香味儿就越发浓郁了。

正当餐，又是中秋夜，满大街酒肉味儿。原本不怎么饿的肚皮突然咕咕叫了两声，便不自觉吞了吞口水。坐下来吃点什么再回家吧？又觉得一个人吃什么都不合适。犹豫时，便想起前面有个烧腊铺子，买过两次，虽不是四川人开的，却做出了麻辣加五香的味道。这么想着，便去称了一小块猪脸皮，八块五毛钱，又拿了一罐250毫升的百威，五元钱。细细一算，竟贵过一份炒米线。再细细一想，觉得大过节没点酒肉确实不成样子。

有肉，往桌子上一放，竟有些过节的样子了。

猪脸皮看起来不多，酒也就那么一小罐，当它们全部进入胃里，倒也饱足了。

刚收拾好桌面，那同事来信息了，说已经到了楼下，上来喝两杯茶就走，然后还得走亲戚呢，好多亲戚要走，过节嘛，就应该串串门热闹热闹。她一说起过节，说起走亲戚，我眼前便突然闪现出她提着月饼的样子，于是赶紧说，你上来坐坐可以，千万别提月饼啊！她说你放心，晚饭都吃过了谁还提月饼？单位发了月饼啊，我又不是不知道。

当然，她也可以不提月饼，下楼时我想，就算人家提了月饼，你也不可能拒之门外啊！

开门一看，她手上并没提月饼水果什么的，倒有两袋小吃一样的东西。

进屋后她说，还好还好，有张椅子给我坐，我以为你喝茶呢，我就想过来喝两杯茶坐两分钟就走，大过节的，你不能一个人闷在家里写东西啊，会写残废的。

我说我不是特别喜欢喝茶，喝也不是你们那里的功夫茶。

你看我这屋子哪里摆得下茶具？就算摆得下也配不上一套好点的茶具吧。她说好吧，茶可以不喝，但东西不能不吃，走的时候我妈还问我要不要提一箱牛奶过来呢，就一包瓜子和花生，你写东西的时候不能老抽烟，吃点瓜子花生不香吗？还有啊，你这门要经常打开通通风。我说窗口安了纱帘，开门有蚊子进来。她突然哈哈大笑道，这么重的烟味儿还有蚊子敢进来？

她见我开着电脑，刚把这篇文章起了个头，便站起来说，你先忙吧，我真的要去走亲戚了，还有啊，我并不是特别喜欢串门啊，只是过节嘛，你得热闹热闹，不能一个人闷在家里。

同事离开后，我看了看那两包零食，禁不住笑了笑。笑完，差不多七点半，便挪过椅子写写这中秋的感受。

正写着，收到一条别致的中秋祝福，是秋圆为中秋写的字，当然不是专门为我写的。秋圆刚搬家不久，负责一家报纸的采编工作，帮我们单位发过不少新闻，散文写得不错。于是我问她，能不能把她的"祝福"放在我这篇公众号里？她说当然可以呀，就是字写得不好。我说你可以再写一张嘛，最后加上"老段"两个字。过了十来分钟，她说写不了了哦，正在外面吃饭，等我回家写好都十一点了，来不及了。

想想也是，都快半夜了，这种应景小文谁还看呢？赶紧贴出去吧，别改了。

2021 年 9 月 21 日

老板椅

国庆长假第三天,步行 31777 步。起点是步涌租屋,终点亦是步涌这套号称一房一厅实则二十来平方米的农民房,途经阳光早餐店、步涌排涝河、共和社区、深莞界桥新安桥,折返后往蚝乡湖公园、清平古墟影视小镇、万友中山家宴,夜九点搭乘公交回宿。

兜兜转转又一天,仍未走出日常生活圈子,而今天,仅出门不足半小时。

先说回昨天的日常。

昨天早上原打算去新宝河看看。行至共和工业区,沿河正搞治污工程,最近的入口拦了,邻近的入口也拦了。施工人员说,想去河边得从新安桥进去。大概九点半,步行至新安桥上,看一眼东莞长安,再看一眼深圳沙井,天气尚可,随手拍了几张。曾听朋友说，傍晚来新安桥拍茅洲河，入海口的夕阳特别耐看。记性不好，一出门总爱拍照，却总拍不好，还不会修图。比如站在桥上的自拍，有人在朋友圈评论时打了省略号，意思是看上去未洗脸，眼昏无神，双下巴，左额还长了老年斑。当然，朋友只是调侃，他也知道这主要还是拍照时光线和角度的问题。人到中年，女人拍照时特讲究，男人大多挺随意。美颜技术改变了大多数女人在熟人心目中固有的印象，也常常令不少熟悉她们的男人深感迷惘。尤其是这节庆期间，一些已婚女人的自拍像常常会令你莫名自问：她女儿怎么这么大了啊？

今天不说女人，说多了大概率会影响到本文的阅读量。过节嘛，说点昨天比较开心的事情。

一个人在外头过节会有不少好处，比如在许可的范围想去哪儿去哪儿，想几点去就几点去，想什么时候回家就什么时候回家，想吃啥就吃点啥。昨天中午回家又煮了面条吃，还是那把老挂面。午后太阳较为猛烈，打一个盹儿，翻几页书，便到了下午四点，一翻手机，才记起有朋友约了晚上六点吃中山菜。那菜馆是另一朋友在新桥新开的菜馆，前几天才营业，生意火爆。那朋友和这朋友都认识，说是好不容易才订到房间。有点文艺情怀的人大多喜欢和同类喝酒，但也不会轻易抗拒非同类的真诚邀请。我不特别好酒，家里也没放过酒，偶尔疲倦了就去小店买罐啤酒。到了酒桌上，我也不抗拒酒，有人喝就陪两杯，没人喝也不会特别难受。难得过节聚聚，就算有个一官半职，只要是自掏腰包，也应该喝两杯的，何况你我皆庶民百姓。事实上，喝酒跟抽烟差不多，出于对健康的考虑，爱好者已越来越少。一桌八人，就我与一老者抽烟喝酒。老者烟瘾大，酒量却不行，我俩也不互劝，随兴而饮。都是熟人，无利益瓜葛，不谈买卖，不话悲欢离合，不论世态人心，更不聊文学或艺术，主要话题集中于子女成长和饭菜口味。饭后，他们互赠节庆礼物，我却啥也没准备。一张桌子三家人，他们拖家带口，我却独自前往，于是其中一位说，大过节你哪儿都没去，平常大家忙，难得坐一起，都不是值钱的东西，带点茶回去喝，四川人喝茶口味淡，龙井适合泡大缸子茶。

老实讲，我不是很喜欢喝茶，总觉得泡茶比较麻烦，在办公室口渴了，有时接一杯未加热的桶装水也可以灌一气。去年吧，有文友送一罐祁门红茶，很好喝，打开快一年了仍有半罐。中秋前，同事肖师傅给我们各自备了一盒东华禅寺自制月饼，里面有两小包特制的东华禅茶，吃完月饼后，我竟差点连同盒子一起丢掉。记得师傅说过，这月饼和茶叶都是寺内高僧开过光的，最好与家人分享，别送人。昨晚带回龙井，便想起那禅茶，翻出一细看，每包各五克，一为极品金芽，一为明前茶，标价分别为二十五元和三十八元，便好奇起来，问一喜欢喝茶的朋友，这三样茶是否都是好茶？朋友说当然好啦，一看名字口水都流出来了。我说好吧，那我真得去买套茶具了。

租屋实在太小，这小小厅里杂物越堆越多，连茶几上放个水杯的位置都没了。茶几呈太极形，玻璃面，可移动，是上上次搬家时前房客留下后我从别处拉过来的。在广东喝茶，我们见得最多的是实木茶几，有的长达数米，价值数十万元。饮食文化，于有品位和消费能力的人而言，自然不以果腹为目的。记得昨天我在某群里，还看到过一张标价一千多万元人民币的蛋糕的图片。当消费品与艺术完美结合，它们就成了奢侈品或极品。想到这里，我看了看玻璃茶几上的极品金芽，又看了看更贵的明前茶，再看了看龙井，觉得如果仍旧用大大的不锈钢缸子冲泡，实在说不过去。而且，喜欢喝茶的朋友也一再强调，喝茶有难以替代的妙处。好吧，既然假期如此无聊，又何不装装喝杯闲茶的样子呢？只是，泡茶喝茶讲究太多，若以此待客真是麻烦，远不如递瓶可乐或纯净水方便。好在平时几无客人到访，茶几有现存的，买套简易茶具也不过两条烟钱，更何况，爱上喝茶后说不定会少抽烟呢！

　　泡茶究竟需要哪些工具？我是真不太明白。于是又问了喜茶之人。她说，当然别用自来水啊，也不用买饮水机，你买个头就好，就是自动加水煮的那一套，不用搬水上机器，茶具嘛，我可以帮你在网上看看。她这么一说，我突然想起若干年前曾花几十块钱买过一把褐色砂壶和几只小杯子，到底多少钱买的、啥时候买的、有没有被妻子丢掉我真想不起来了。于是我赶紧在杂物堆里找，结果找到了。好了，我告诉那位朋友，茶具不用买了，但得买个盘什么的装洗杯水吧。朋友哈哈一笑说，那个可贵了，如果不讲究的话，买个单位饭堂里那种吃自助餐的盘子就行。

　　原来这么简单啊！看看手机，十点过，不算太晚，便出了门去到杂货铺，希望找到那种像餐盘一样的装洗茶水的器具。我在店里讲了半天，老板仍不明白我需要什么，听口音他不是南方人，平常估计也不爱喝茶。这时候，在门口玩抖音的老板娘终于听不下去了，用家乡话朝男人吼了一通，然后领着我去摆放不锈钢器具的地方，递给我一个平底不锈钢方盘说，就这个咯，十八块钱。

结账时，我又倒回铺子里面选了三个吃饭用的垫子和一只稍大点的颜色不同于那三只的小茶杯，数样合计恰好四十元。

往回走的路上，我觉得应该去旧货店看看，说不定能买到一整套喝茶用的便宜货呢。旧货店与杂货铺就隔三四个门市，过去一看，却关门了。

回到租屋，摆上这几样不伦不类拼凑起来的家什，又征求了一下那朋友的看法，说出了天亮后去旧货店看看的想法。朋友说，你去看看嘛，估计不会有什么惊喜，不过呢，如果有煮水那一套把戏，倒可以考虑。

今天天一亮我就起床了，却不打算出门。我在堆满杂物的房间里转了两圈，决定清除一大批可用可不用的东西，让这小小的屋子空旷一点、敞亮一些。这么想着，便狠狠朝椅子上一坐，哪知咔嚓一声，座椅突然掉下一块金属件。我摇摇椅子，居然"叽嘎叽嘎"响了起来。这椅子也是旧货店里买的，坐上面写文章好几年了，是该退休了，收拾完屋子确实得去旧货店看看。旧货店未必有我需要的茶具，但肯定有合适我的椅子。

只要认真清理，生活中的许多物品都可有可无，旧纸箱、漂亮的包装袋（盒）、从未拆开或翻动过的书刊、一些即将过期近期又难以消耗的食品、破损的桌椅、旧伞、数年前买的极不合身的衣服鞋子，以及妻子从网上买回的特便宜又很少用到的物件，对于一个男人来说其实都可有可无。无用即废，既废则弃。俗话说，旧的不去新的不来，但穷人租房过日子，若样样都用新的，那还真难以承受。所以呢，在扔掉一些废物时，你还得买回几件旧货。

到旧货店一问，果然没有成套的茶具。椅子倒有不少，其中一张粉红色的躺椅看上去挺牢实，喊价一百八十元。价钱倒是挺合算，左看右看还是觉得椅子的颜色太差了。一个大男人，半躺在粉红色椅子上，而这椅子多半还是女人用过的，越想越觉得不对劲儿。我确实需要一把比较舒适的椅子，年纪大了，在电脑前坐久了腰难受脖子也难受，如果有一张舒适的椅子，就算坐一晚上写不出一个字也是件值得的事情。旧货店里椅子虽不少，却多为餐厅或办公室职员用的，看上去很"硬"。店老板见我犹豫着，突然站起来说，少点也行，一百五十元？我摇摇头，发现他刚才坐的这把"老板椅"不错。我曾在皮具厂干过二十多年，这么高大的椅子，无论皮质还是做工都是不错的，当然，从脱漆的地方看，其木质部分绝非实木，但其架子看上去还真有老板的气势，至少很高大。一辈子写过不少老板，一辈子没做过老板，一辈子也没认真想过怎么才能做老板，可到了旧货店里，还是被眼前这把老板椅给吸引住了。店老板见我仍在犹豫，又问了一句要不要。我笑笑说，你刚才坐的黑椅子卖不卖？他说卖呀，我这整个店里除了老婆不敢卖，什么都可以卖。多少钱？我又问。他也笑了笑说，这个就贵了哦，二百六十元，老板啊，这是老板椅呀，我去收货的时候听人家说，坐过这椅子的老板公司马上就要上市了。我知道他很可能在吹牛，但我想的是另一个问题，你把椅子卖了坐别的椅子习惯吗？

我还真舍不得卖呢，坐着可舒服了，店老板说。

如果你卖了，坐哪儿？

他说，坐那张粉红色的咯！我们守店的一天坐十几个小时，肯定得坐店里最舒服的椅子嘛。老板啊，你得识货呀，这椅子八成新呢，如果全新的得七八百呢。不信你摸摸，真皮的。

我说不用摸我也知道是真皮的，但它再好也是旧货了，少点行不？

他吐掉烟头问，少多少？

我比了一个手势。

他摇摇头。

我又比了一个手势。

他想想说，拿去！

椅子讲成了，但我还是觉得泡茶的家伙不行，又问他有没茶具。他说，老板啊，你看我这店里哪样配得上你这把椅子？你不会真准备开公司吧？我记得你曾经来店里买过床和空调，你真的快开公司了？我说开屁公司啊！我就希望下班后躺一下，这椅子能放平吗？我希望躺平一点更舒服。他摇摇头说，放不平，但可以倾斜一点，如果前面用东西把脚垫上，摇一摇真的挺舒服，话说回来，如果你真想泡茶，能配上这张椅子的，还真得去别的地方找。我说我也不是特别喜欢泡茶，但偶尔还想喝两杯，你再找找有没有可以烧水的？

他在店铺里看了看，然后拧一个电磁炉说，就这个咯，煮水消毒都行，差不多全新，一百块给你好了。

讨价，还价，炉子也成交了。

几样旧货拿回家一摆，除了那个餐盘一样的东西看上去怪怪的，我觉得都还不错，至少配得起它们的主人和这租屋。至于这老板椅嘛，突然进了寒门换了主人能否适应，我也难以揣摩。

摆弄得差不多时，已近中午，看看储物箱，一个多月前妻子留下的那把老挂面经国庆节这几天一煮，应该剩下不到一两了，午餐恰好够。

吃完面条，在老板椅上坐一会儿，仍觉疲倦，便拖来那把即将退休的旧椅子，垫上脚，闭上眼，还真美美睡了一觉。

醒来已是午后三点过，这国庆节后第四天，眼看又荒废了，而且还稀里糊涂花去三四百块"茶钱"，应该写几句才对。

一旦坐下来写东西，屁股就不想离开椅子了。这上好的极品金芽，冲掉半壶自来水后就再没工夫续上了。

茶是好茶，椅子也是把好椅子，时间过得也挺快的，但总觉得写作时我是不适合喝功夫茶的。又或许，是自己的功夫还不到家吧。当然，这功夫既指喝茶，也包含写作。

2021 年 10 月 4 日

后记：不足之处多过可取之处

写作苦，于无名作者，出书更苦。近三十年来，那些拉拉杂杂的文字若全印出来，可成三五本。在单位，同事们很少叫我名字，直呼老段或"作家"。我从未觉得自己是作家，连忠实的文学爱好者都不算。特别是近几年，作文少，看书少，每天想的谈论的，离文学越来越远。平庸生活使人失去斗志，钝化脑子，总觉得，生活毫无奔头，写作越来越没乐趣，日复一日，年复一年，昏昏然不知所以然。

前不久，徐东老师说北京有家文化公司征集书稿，你可以出一本。犹豫再三，一拖再拖。其间，得石子航、陈正凡、龚沛俊等师友鼓劲说，出一本吧，怕啥？

在深圳，作文数十年，发表大几十万字，各类获奖证书叠起来比小女儿还高，居然没出一本书，想想也真是的。好吧，不等了，出一本。

签好出版合同，坐办公室里苦苦笑了笑，自问为何出书？使劲儿想都没想明白。后来有文友也问了这个问题，实在不知如何回答，便随口道：这挑选的十来万文字，多是我前半年的经历和对生活的看法，印出来给孩子们看看吧，希望他们到了我这个年纪可以回味一下当年父亲走过怎样的路，说过什么话，如果愿意，再给他们的孩子看看。

现在想想真是幼稚，别说数十年后，就是今天还有多少年轻人静下心来看一篇文章？可转念又想，写了半辈子，一个一无是处、穷忙一生的俗人，也不能白活一世，不留下只言片语，真是对不起自己。

世事无常，半生已过，人生百味，冷暖自知，《人间烟火》，白纸黑字，你说好未必好，你说不好就快印出来了，是非对错我也莫奈何。

如果有一天它出现在你案头上，闲时读到某个触动你的句子，我想，不管我们是否相识，不管我们是否再见，我都倍感荣幸。若你将它遗忘在某个角落从不翻开，我也不会失落，毕竟我们的故事尚未开始，又何必在乎如何结局？

首次出书，真不知道有没有第二本，如果有，也不知道得等多久。写作很苦，不写更苦；出书很累，出了你不看等于浪费。一本书面世了，姑且不说价格和有多少人欣赏它，也不论它带给你多少有用的信息或其中某篇文章有多感人，只说在其背后，作者为此熬了多少夜，编者为此付出多少心血，以及制作的纸张费了多少木浆。

文学日渐势微，请珍惜每一棵树，珍爱每一本书，它到了你手里就是缘分，请惜缘。

　　最后，衷心感谢十月老师作序，感谢工作人员辛勤付出。作文才疏学浅，书中不足之处定多过可取之处，请海涵！

　　是为记。

2021 年 1 月 22 日 夜